SUR 50

Edmundo Valadés
La morte ha il permesso

titolo originale: *La muerte tiene permiso*
traduzione di Raul Schenardi

Opera pubblicata grazie al Programma
di Sostegno alla Traduzione (PROTRAD)
dipendente dalle istituzioni culturali messicane.

Esta publicación fue realizada con el estímulo del
Programa de Apoyo a la Traducción (PROTRAD)
dependiente de las instituciones culturales mexicanas.

Edizioni SUR
via della Polveriera, 14 • 00184 Roma
tel. e fax 06.83548987
info@edizionisur.it
www.edizionisur.it

I edizione: marzo 2017
ISBN 978-88-6998-058-9

Progetto grafico di Riccardo Falcinelli

Composizione tipografica degli interni:
Miller (Matthew Carter, 1997)

Edmundo Valadés

La morte ha il permesso

traduzione di Raul Schenardi

prefazione di Luca Ricci

SUR

PREFAZIONE

di Luca Ricci

Candido ufficialmente Edmundo Valadés a ricoprire l'incarico di santo laico del *cuento* per il 2017. Chi potrebbe fare meglio di lui, visto che ha praticamente dedicato la vita a imporre all'attenzione del mondo il racconto come genere letterario e non come figlio di un Dio minore rispetto al romanzo? Per farlo mise in piedi una rivista leggendaria in Messico che si chiamava *El cuento. Revista de Imaginación*, una prima apertura nel 1939 per cinque numeri, e poi dal 1964 fino alla morte. Ma in che cosa consiste il lascito fondamentale di Valadés racchiuso in una raccolta come questa sua prima, *La morte ha il permesso*, pubblicata per la prima volta nel 1955, una sciabolata che ha spaccato in due il secolo breve come una mela, da una parte i Lugones e i Quiroga, dall'altra i Borges e i Cortázar fino ai Bolaño e i Pauls? Io credo che l'eredità sia eminentemente formale. Secondo

Valadés per fare lo scrittore di racconti bisogna eccellere in due cose: non diventare un romanziere; fermarsi un attimo prima che la storia si trasformi in una *storiella*, cioè in una gag.

Evitare di diventare un romanziere non è facile come potrebbe sembrare. Uno comincia a scrivere un racconto animato dalle migliori intenzioni circa «il tagliare fino al midollo» e debitamente ossessionato dal mantra *show, don't tell* e poi, frase dopo frase, si lascia prendere la mano e si ritrova in mezzo a un guazzabuglio che neanche David Foster Wallace.

Ecco come lo scrittore naturalista – benché pentito – (e francese) Gustave Flaubert descrive il cappello del giovane Charles Bovary all'inizio di *Madame Bovary* e, tra le altre cose, mette in evidenza una peculiarità tipica del romanziere: l'incedere calmo, quasi pachidermico, la mancanza cronica d'impazienza.

> Si trattava di uno di quei copricapo del genere misto, dove si riscontrano elementi del cappuccio di pelo, del ciapska, della bombetta, del caschetto di lontra e del berretto di cotone, insomma uno di quei miserabili oggetti che nella loro muta bruttezza hanno la stessa espressione profonda del muso di un imbecille. Ovoidale e tenuto su da stecche di balena, cominciava con tre sanguinacci arrotolati; poi si alternavano, separate da una striscia rossa, delle losanghe di velluto e di pelo di coniglio; poi veniva una specie di sacco che terminava in un poligono cartonato, coperto da un complicato ricamo di galloni da cui pendeva, all'estremità di un lungo e sottilissimo cordone, una crocettina di filo dorato a guisa di nappa. Doveva essere nuovo; la visiera luccicava.

È come se qualsiasi storia potenziale contenesse in sé parecchie variabili narrative (e personaggi secondari e sottotrame e digressioni e colpi di scena) che lo scrittore di racconti, a differenza del romanziere, *non* deve assolutamente cogliere. Avete presente Ulisse incatenato all'albero della nave per resistere al canto seducente delle sirene? Ecco, lo stesso sforzo viene richiesto allo scrittore di racconti, nel momento in cui deve mettersi a dire ciò che ha da dire operando un taglio netto rispetto all'intero, e sconfinato e soprattutto invitante scibile umano del narrabile.

Quanto all'evitare di trasformare un racconto in una gag, anche questa circostanza non è semplice da evitare come potrebbe apparire. Lo scrittore di racconti ha il dono della sintesi al quadrato, visto che l'atto della scrittura di per sé è una grande e raffinata operazione intellettuale di sintesi, cioè in fin dei conti di riduzione. Pensiamo a una parola qualsiasi, la prima che ci viene in mente. *Cappello*. Nessuno vacilla al cospetto di una parola simile, tutti noi la leggiamo e ci facciamo subito un'idea precisa di cosa significa, di cosa sta a indicare. Eppure un *cappello* può essere fatto in tanti modi (e infatti Flaubert, da romanziere, ha scelto di servirsi di molte altre parole per descrivere quello che aveva scelto per Charles Bovary). La cosa in sé è infinitamente più ampia e complessa e sfaccettata del segno che la designa. Insomma, il linguaggio è un naturale strumento di sintesi. E di questa prerogativa lo scrittore di racconti abusa fino all'inverosimile, talvolta fino alla dissoluzione stessa del racconto causa strangolamento delle sue componenti strutturali minime. Proprio così. Lo scrittore di racconti è un tipaccio che, oltre a raccontare una storia, si diverte un sacco a fare dei giochetti d'equilibrismo, tipo camminare sul filo tra ciò che è narrabile e ciò che non lo è. Più precisamente, impazzisce per domande del tipo: «Quanta roba potrei togliere dalla mia storia senza che si trasformi in qualcos'altro, senza cioè che debba smettere di chiamarla narrazione?»

Ecco un tentativo dello scrittore surrealista (e russo) Daniil Charms, tratto dai *Casi*, in cui tra le altre cose si demolisce il concetto narratologico di personaggio.

> C'era un uomo con i capelli rossi, che non aveva né occhi né orecchie. Non aveva neppure i capelli, per cui dicevano che aveva i capelli rossi tanto per dire.
> Non poteva parlare, perché non aveva la bocca. Non aveva neanche il naso. Non aveva addirittura né braccia né gambe.
> Non aveva neanche la pancia, non aveva la schiena, non aveva la spina dorsale, non aveva le interiora. Non aveva niente! Per cui non si capisce di chi si stia parlando.
> Meglio allora non parlarne più.

Ecco invece una prova dell'intellettuale simbolista (e francese) Félix Fénéon, prelevata dai *Romanzi in tre righe*, in cui tra le altre cose si elabora un'impeccabile presa per i fondelli della struttura narrativa.

> Al ballo di Saint-Symphorien, nell'Isére, la signora Chausson e il suo amante, coadiuvati dai genitori e dagli amici di lei, hanno ucciso a coltellate il signor Chausson.

Sia Charms che Fénéon tendono a esagerare con questa loro ricerca nell'universo delle forme narrative infinitamente piccole – galassie che nessuno ha mai avuto il coraggio di mappare seriamente (altro che le sonde spappolate su Marte!) – e i risultati somigliano a parodie di racconti, o a racconti abortiti che in qualche modo richiamano già lo sketch cinematografico.

Qual è invece la caratteristica principale di un racconto di Valadés? La risposta che mi soddisfa di più potrebbe essere che va dritto al punto. Nel racconto d'apertura che dà il titolo alla raccolta, «La morte ha il permesso», basta qualche pagina per mettere a fuoco il dissidio eterno tra Legge naturale e Legge sociale, dove in un'assemblea un contadino chiede ai governanti il permesso di uccidere un presidente del municipio corrotto e già giustiziato. Un romanzo non potrebbe andare dritto al punto nello stesso modo, sarebbe costretto a mettere in primo piano la storia sociale dei latifondisti messicani e impiegare molte parole per spiegare altre parole, sabotando in parte il dono di sintesi insito naturalmente nei processi linguistici; d'altro canto una gag non avrebbe la stessa eco metafisica, che invoglia a rileggere tutto dal principio, e anzi abolirebbe il percorso tra inizio e fine, ridurrebbe il racconto a una figura puntiforme, incipit ed explicit coinciderebbero.

Nel racconto intitolato «Non come nei sogni» un'iniziazione alla vita nasce dalla contrapposizione tra mondo onirico e mondo reale, attraverso la doppia lente di una storia d'amore – il ragazzino protagonista si dichiara con un biglietto a quella che vorrebbe diventasse la sua fidanzata – e una lite brutale sfocia in un episodio di sangue, mentre «le ragazze se ne stavano al balcone, sorridenti, con sorrisi che erano mistero e spilli». Ecco la lezione di Valadés, il suo lascito. I racconti devono essere verticali, devono sacrificare l'analisi della realtà (per derive successive: il loro impatto sociologico) in favore di una qualunque epifania: allo scrittore di racconti non interessa tanto stabilire la verità, quanto produrre quella speciale tensione che si crea quando la narrazione non si accontenta di sé stessa ma cerca una specie di sfondamento, in genere prodotto appunto da un'accelerazione che può somigliare molto a un'ascensione.

C'è una definizione molto bella di Boris Ėjchenbaum, formalista russo. Secondo lui un romanzo è «una passeggiata per vari luoghi che sottintende una tranquilla via di ritorno», mentre un racconto è «un'ascensione sulla montagna il cui scopo è uno sguardo da un punto elevato». Uno scrittore di racconti agisce proprio così: è un tizio che non ha paura di sacrificare tutto – società, mondo, storia e perfino il suo narcisismo – per offrire al lettore un punto di vista più elevato. E il libro di Edmundo Valadés – questi racconti che tenete tra le mani e finalmente state per leggere – lo dimostra.

Le citazioni sono tratte, oltre che da questo volume, da: Gustave Flaubert, Madame Bovary, *a cura di Roberto Carifi, Feltrinelli, Milano 1994; Daniil Charms,* Casi, *a cura di Rosanna Giaquinta, Adelphi, Milano 1990; Félix Fénéon,* Romanzi in tre righe, *a cura di Matteo Codignola, Adelphi, Milano 2009.*

LA MORTE HA IL PERMESSO

LA MORTE HA IL PERMESSO

Sulla tribuna, gli ingegneri chiacchierano, ridono. Si punzecchiano l'un l'altro con battute mordaci. Snocciolano barzellette volgari dal climax sempre greve. Poco a poco la loro attenzione si concentra sull'uditorio. Smettono di rievocare l'ultima bisboccia e le parti intime della ragazza che ha fatto il suo debutto nella casa di piacere che frequentano con assiduità. Ora il tema della conversazione riguarda quegli uomini, affittuari di terreni concessi dal governo riuniti in assemblea e seduti laggiù, di fronte a loro.

«Sì, dobbiamo redimerli. Bisogna integrarli nella nostra civiltà, ripulirli di fuori e insegnargli a essere sporchi dentro...»

«Lei è uno scettico, ingegnere. Per di più mette in discussione i nostri sforzi, quelli della Rivoluzione».

«Bah! È tutto inutile. Questi figli di buona donna sono

incorreggibili. Sempre sbronzi marci, vivono nell'ignoranza. Distribuirgli le terre non è servito a niente».

«Lei è una persona superficiale, un disfattista, compagno. La colpa è nostra. Gli abbiamo dato le terre, e allora? Siamo già molto soddisfatti. E il credito, le rate, le nuove tecniche agricole, i macchinari? Provvederanno da soli a tutte queste cose?»

Il presidente, mentre si liscia i baffi ispidi, aste accarezzate su cui issa le dita con voluttà, osserva da dietro gli occhiali, indifferente al chiacchiericcio degli ingegneri. Quando l'odore animalesco, terrestre, pungente, di quelli seduti sulle panche gli solletica l'olfatto, estrae un fazzoletto colorato e si soffia rumorosamente il naso. Anche lui è stato contadino. Tanto tempo prima, però. Ora, di quel passato, la città e la sua posizione gli hanno lasciato soltanto il tradizionale fazzoletto e la rugosità delle mani.

Quelli di sotto si siedono con solennità, con il raccoglimento dell'uomo di campagna che entra in uno spazio chiuso: l'assemblea o la chiesa. Parlano con parsimonia e le parole che si scambiano raccontano di piogge, di animali, di crediti, di raccolti. Molti portano in spalla le loro provviste, cartucce per combattere la fame. Alcuni fumano, tranquillamente, senza fretta, sembra che le sigarette gli siano spuntate fra le dita.

Altri, in piedi, appoggiati alle pareti laterali, con le braccia conserte sul petto, fanno serenamente la guardia.

Il presidente scuote la campanella, e il suo tintinnare stempera il brusio. Per primi iniziano gli ingegneri. Parlano dei problemi agricoli, della necessità di incrementare la produzione e migliorare le coltivazioni. Promettono aiuto agli affittuari dei terreni, li invitano a spiegare le loro esigenze.

«Vogliamo aiutarvi, potete fidarvi di noi».

Ora è il turno di quelli che stanno seduti sotto. Il presidente li sollecita a esporre i loro problemi. Si alza una mano, timida. Altre la imitano. Cominciano a parlare delle loro cose: l'acqua, il cacicco, il credito, la scuola. Alcuni sono diretti, precisi; altri si impappinano, non riescono a esprimersi. Si grattano la testa e si guardano attorno per cercare quello che volevano dire, come se l'idea si fosse nascosta in qualche angolo, negli occhi di un compagno o in alto, dove è appeso un lampadario.

Un gruppo sta parlottando. Vengono tutti dallo stesso paese. Sono preoccupati per un problema grave. Si consultano fra loro: devono decidere chi prenderà la parola.

«Io dico Jilipe, sa molte cose...»

«Fallo tu, Juan, sei stato tu a parlare quella volta...»

Non c'è unanimità. Quelli chiamati in causa aspettano di essere spronati. Un vecchio, forse il patriarca, decide: «Be', tocca a Sacramento...»

Sacramento aspetta.

«Dai, alza la mano...»

La mano si alza, ma il presidente non la vede. Altre mani sono più visibili e si guadagnano il turno. Sacramento scruta il vecchio. Un tipo molto giovane alza la sua, ben in alto. Sopra il bosco di teste irsute si possono vedere le sue cinque dita scure, terrose. La mano viene scorta dal presidente, che gli concede la parola.

«Parla, alzati».

La mano si abbassa quando Sacramento si alza. Cerca un posto dove posare il cappello. Il cappello diventa un grosso impedimento, cresce, non sta da nessuna parte. Sacramento alla fine se lo tiene fra le mani. Dal tavolo arrivano segnali d'impazienza. Salta su la voce del presidente, autoritaria, intimidatoria: «Sentiamo un po' quello che ha chiesto la parola, stiamo aspettando».

Sacramento ha lo sguardo fisso sull'ingegnere che si trova a un'estremità del tavolo. Sembra si rivolga solo a lui, come se gli altri fossero spariti e nella sala fossero rimasti solo loro due.

«Voglio parlare per quelli di San Juan de las Manzanas. Veniamo a protestare contro il presidente del municipio che ci sta facendo la guerra, ormai non lo sopportiamo più. Prima ha tolto i terreni a Felipe Pérez e Juan Hernández perché confinavano con i suoi. Noi abbiamo mandato un telegramma a Città del Messico e non ci hanno neanche risposto. Poi abbiamo fatto un'assemblea e abbiamo pensato che era meglio andare al Tribunale Agrario, per la restituzione. Be', non sono serviti a niente né i nostri giri né i documenti, e quei terreni se li è tenuti il presidente del municipio».

Sacramento parla senza che i suoi lineamenti si alterino. Si potrebbe credere che stia recitando una vecchia preghiera che conosce benissimo.

«Be', niente, siccome ci ha visti pieni di rancore, ci ha accusato di essere dei rivoltosi. Sembrava quasi che eravamo stati noi a portargli via le sue terre. Allora se n'è uscito con la storia dei conti; per i prestiti, signore, dicendo che eravamo in ritardo. E l'agente la vedeva male come lui, che dovevamo pagare interessi esagerati. Crescencio, quello che vive sulla collina, vicino all'acquedotto, e che ne capisce di numeri, be', ha fatto i conti e non era così: volevano incassare di più. Ma il presidente del municipio ha fatto venire dei signori da Città del Messico, con molti poteri, e se non pagavamo ci toglievano le terre. Be', diciamo che ci hanno costretto con la forza a pagare quello che non dovevamo...»

Sacramento parla senza enfasi, senza pause premeditate. È come se stesse arando la terra. Le sue parole cadono come chicchi di grano durante la semina.

«Poi c'è il fatto di mio figlio, signore. Il ragazzo si è molto arrabbiato. Se lei sapesse i brutti pensieri che ho avuto. Ho cercato di fermarlo. Aveva bevuto e aveva la testa confusa. Il rispetto che ha per me non è servito a niente. È andato a cercare il presidente del municipio, per protestare... L'hanno ammazzato in malo modo, dicendo che stava rubando una mucca del presidente. Me l'hanno riportato morto, con la faccia maciullata...»

Il pomo d'Adamo di Sacramento ha tremato. Solo quello, però. Lui rimane dritto, come un albero che ha rinsaldato le sue radici. Nient'altro. Continua a fissare l'ingegnere seduto a un'estremità del tavolo.

«E poi c'è il fatto dell'acqua. Dato che ne abbiamo poca, perché le piogge non sono state buone, il presidente del municipio ha chiuso il canale. E dato che i campi si sarebbero seccati e la comunità avrebbe passato una brutta annata, siamo andati da lui; perché ci desse un po' d'acqua, signore, per le nostre coltivazioni. E lui ci ha ricevuti con brutti discorsi, che non vuole avere fastidi da noi. Non è neanche sceso dal suo mulo per farci sentire inferiori...»

Una mano tira per il braccio Sacramento. Uno dei suoi compagni gli indica qualcosa. Nella sala riecheggia solo la voce di Sacramento.

«E come se non bastasse – che per l'acqua, grazie alla Madonna ci sono state altre piogge e abbiamo salvato metà raccolto –, c'è il fatto di sabato. Il presidente del municipio è uscito con i suoi, brutta gente, e si sono portati via due ragazze: Lupita, quella che doveva sposare Herminio, e la figlia di Crescencio. Ci hanno presi alla sprovvista, mentre andavamo al lavoro, e non abbiamo potuto evitarlo. Se le sono portate via con la forza nel bosco, e poi le hanno lasciate lì. Quando le ragazze sono tornate, in pessime condizioni, perché le avevano perfino prese a botte, non c'è stato neanche bisogno di fare domande. E la gente si è infuriata davvero, perché siamo stanchi di essere alla mercé di un'autorità così malvagia».

La voce di Sacramento vibra per la prima volta. Fremente di minaccia, di odio, di una decisione infausta.

«E dato che nessuno ci sta a sentire, perché abbiamo incontrato tutte le autorità ma non sappiamo cosa farà la giustizia, vogliamo che siano presi subito dei provvedimenti. A voi», e a quel punto Sacramento posa lo sguardo su ogni ingegnere fermandosi sul presidente dell'assemblea, «che promettete di aiutarci, chiediamo il permesso di punire il presidente del municipio di San Juan de las Manzanas. Chiediamo la vostra approvazione per farci giustizia con le nostre mani...»

Tutti gli occhi sono puntati su quelli seduti in tribuna. Il presidente e gli ingegneri, muti, si scambiano occhiate. Alla fine parlano.

«È inconcepibile, non possiamo accogliere questa assurda petizione».

«No, compagno, non è assurda. Assurdo sarebbe lasciare la faccenda nelle mani di chi non ha fatto niente e non ha ascoltato queste voci. Sarebbe da vigliacchi aspettare che la nostra giustizia faccia giustizia; loro non crederanno mai più in noi. Preferisco essere solidale con questi uomini, con la loro giustizia primitiva, ma in fondo giusta; assumere insieme a loro la responsabilità che mi compete. Per me, non possiamo far altro che concedergli quello che ci chiedono».

«Ma siamo persone civili, abbiamo delle istituzioni e non possiamo dimenticarcene».

«Vorrebbe dire giustificare la barbarie, le azioni illegali».

«E ci sono azioni illegali più gravi di quelle che loro denunciano? Se avessero offeso noi come hanno offeso loro, se ci avessero danneggiato anche meno di quanto hanno danneggiato loro, avremmo già ucciso, ci saremmo dimenticati di una giustizia che non interviene. Io esigo che la loro proposta sia messa ai voti».

«Io la penso come lei, compagno».

«Questa gente però è molto astuta, bisognerebbe verificare la verità. E poi, non abbiamo l'autorità per accogliere una petizione del genere».

A questo punto interviene il presidente. Si risveglia in lui l'uomo di campagna. La sua voce è inappellabile.

«Sarà l'assemblea a decidere. Mi assumo io la responsabilità».

Si rivolge all'uditorio. La sua voce è una voce contadina, la stessa che deve aver parlato lassù in montagna, confusa con la terra, con la sua gente.

«Si mette ai voti la proposta dei compagni di San Juan de las Manzanas. Chi è d'accordo a concedergli il diritto di uccidere il presidente del municipio, alzi la mano...»

Tutte le braccia si tendono verso l'alto. Anche quelle degli ingegneri. Non c'è una sola mano che non sia alzata ad approvare in modo categorico. Ogni dito indica la morte immediata, diretta.

«L'assemblea concede a quelli di San Juan de las Manzanas il permesso che chiedono».

Sacramento, che è rimasto in piedi, calmo, finisce di parlare. Non c'è gioia né pena in quello che dice. Il suo modo di esprimersi è semplice, sobrio.

«Be', tante grazie per il permesso, perché, visto che nessuno ci stava a sentire, da ieri il presidente del municipio di San Juan de las Manzanas è defunto».

ANDÒ IN GUERRA

D'un tratto, tutte le teste scomparvero. Aprì di più gli occhi. Cercò di trapassare con lo sguardo la luce degli implacabili riflettori. In campo, i giocatori correvano in ogni direzione. Un sordo, spaventoso clamore avvolgeva i loro corpi privi delle teste. Agitavano le braccia confusamente. Come direttori della loro stessa danza macabra. La danza macabra.

Lui era teso. Il rumore gli martellava i timpani. La sua paura crebbe. Ora i volti giravano per il campo da gioco. Riflettevano un terrore indescrivibile. Il loro stesso terrore. Non inseguivano il pallone. Fuggivano disperati. Saltavano in modo assurdo. Il salto mortale del soldato. Scomparivano. Riemergevano. Volavano. Andavano in mille pezzi scontrandosi fra loro.

Cominciò a sentire il gracchiare delle mitragliatrici. Il rumore del mare. Il rumore della paura. Il fischio dell'attacco. E urla. Urla terrificanti che gli trapanavano la spina dorsale. Avrebbe sparato alla fine il cannone mimetizzato sotto la rete della porta?

Ricomparvero le teste e i corpi. Le teste salivano e scendevano le gradinate. Saltavano a sinistra e a destra. Uno, due. Uno, due. A destra e a sinistra. Uno, due. Rotolavano una sull'altra. Saltavano una sull'altra. Uno, due. Lo schiacciavano. Lo avrebbero schiacciato. Uno, due. E le urla...

Si precipitò giù per le gradinate. Per raggiungere la spiaggia. Per nascondersi nelle trincee. L'uscita. A spintoni. Scostando i cadaveri mobili che sbarravano il passo.

La porta. La piazza. Sopra, sempre il cielo. Il cielo.

Fermò un taxi: all'albergo.

Chiuse gli occhi. Li riaprì. E il conducente? Era scomparso. Lui era rimasto solo sul carro armato che divorava i viali. Passava attraverso i muri. Si schiantava contro gli alberi. Mille riflettori illuminavano il suo percorso. Più in fretta. In fretta.

Poi, la stessa cosa di sempre: il lungo silenzio.

«Non sta bene?»

Pagò il taxi. Entrò nell'albergo. Nella sua camera.

Si lasciò cadere sul letto.

A piangere la pace che aveva perso definitivamente.

NON COME NEI SOGNI

Si sarebbe deciso, oggi? Le ragazze se ne stavano al balcone, sorridenti, con sorrisi che erano mistero e spilli. Sorrisi che lo allontanavano da loro, dalla Tichi. Si sarebbe deciso? Il cuore gli sussultò e gli venne l'impulso di correre, di tornare indietro, di prendere un'altra strada.

Era tutto così diverso di notte, nei suoi sogni! Non come lì, in pieno giorno, con gli occhi aperti, in quel paese che aveva un nome preciso, Mocorito, e dove ognuno era quello che era e non si poteva essere fatti in un altro modo. Non nel sogno. Lì lui era come avrebbe voluto essere di giorno: abbastanza coraggioso da andare dalla Tichi, senza vergognarsi affatto, senza arrossire. Con semplicità, senza alcuna complicazione. Era. Esattamente come non poteva essere, in quest'altro mondo, sotto il sole categorico di mezzogiorno, ora, vicino al suo sogno a occhi aperti.

«Sì, glielo darò mentre passo. Glielo do e basta».

Le ragazze se ne stavano lì, ridevano e pronunciavano ad alta voce parole misteriose. Molto difficile, molto doloroso farsi coraggio. Aveva rallentato l'andatura, era paonazzo, turbato. Allungò il braccio.

«Tichi, tieni, è per te...»

Lei lo prese, attraverso le sbarre che la proteggevano in quel territorio affascinante e sconosciuto in cui viveva. Rise. Risero tutte. Adrián camminava in fretta. In un sogno a occhi aperti.

«Lo avrà già letto?»

Tichi, ti amo moltissimo. Vuoi essere la mia fidanzata?

Ti amo moltissimo! Come se accarezzasse sé stesso, il proprio cuore, e lei, con infinita e profonda tenerezza, con lacrime e sorrisi.

Alberto una volta gli aveva domandato: «Perché vuoi una fidanzata? Meglio se ce ne andiamo dall'"altra parte"», sull'altra riva del fiume, «tutti i pomeriggi. Mangeremo angurie e il signor Pedro ci presterà la canoa».

Da quelle parti vivevano i lebbrosi e a lui era stato proibito andarci. Però c'era stato molte volte con Alberto e avevano mangiato angurie e fatto dei giri in canoa. Era bello. Pomeriggi nei quali, una volta lì, nel silenzio isolato e proibito, fra i terreni pronti per la semina, presagivano cose meravigliose e fremevano per la curiosità di imparare a diventare uomini. Come se quel silenzio dell'acqua, del cielo e della terra gli rivelasse ciò che ancora non sapevano: ciò che andava al di là dei loro dodici anni. E con Alberto poteva parlare di tutto. Ma niente era più bello che pensare, sentire e dire: «Tichi, ti amo moltissimo».

Lo avrà già letto? «Tichi, ti amo moltissimo. Vuoi essere la mia fidanzata?»

Che emozione! Quel foglio scritto da lui, con una frase pensata da lui, nelle mani di lei! Come se fosse un'altra frase e non la stessa, e dicesse di più di quello che lui aveva voluto esprimere: che diventi la mia fidanzata; che mi saluti quando passo davanti al tuo balcone; che ti giri varie volte a guardarmi quando siamo a messa; che mi scriva lettere d'amore; che mi ami come io amo te...

«Tu a me mi pulisci gli stivali, gran figlio di puttana!»

Una lite, nel negozio del cinese Lee. Un uomo uscì barcollando, esagitato, con un'allegria carica di rancore nella voce. Impossibile intuire se fosse scioccamente felice o amaramente pronto a morire e ad ammazzare, offuscato dall'alcol.

Brandendo un coltello in aria, indietreggiò mentre un altro uomo, mettendo mano alla pistola che portava alla cinta, calcolando ogni passo, cupo, gli si avvicinava poco a poco. Il primo uomo impugnava il coltello come se volesse lacerare qualcosa di molto intimo del suo avversario, pieno di rancore contro lui e contro il mondo intero, spinto da un cieco ed esacerbato risentimento.

Si erano riuniti alcuni curiosi, senza che nessuno intervenisse, sia perché non sarebbe successo niente, sia perché sarebbe successo tutto e non si sarebbe potuto fare niente per evitarlo.

La voce dell'uomo risuonò un'altra volta, aggressiva, ferendo lui stesso e l'universo intero, con toni acuti che percorrevano tutta la scala delle ingiurie spietate.

«Figlio di puttana... Canaglia infame... Scopati tua madre!»

Esplosero due lampi, mentre lui, Adrián, era rimasto lì, assorto in un'attesa spasmodica, ansimante. Furono due raffiche, l'esplosione di due fiammate che abbatterono l'uomo con il coltello lasciandolo disteso per terra, supino, a dissanguarsi, ormai senza rancore e senza voce.

L'altro uomo, con la pistola ancora in pugno, girò intorno al corpo immobile, come se temesse che il suono esasperante degli insulti potesse continuare a vibrare. In attesa di una sola parola per sparare di nuovo, nel dubbio che le due pallottole non fossero state sufficienti a zittire per l'eternità il rancore disperato dell'uomo con il coltello.

In quel momento Adrián ebbe paura. Una paura intensa dell'uomo, della sua pistola, paura che volesse spararargli. Che potesse capitare anche a lui la stessa cosa, di restarsene lì, morto, senza mai conoscere la risposta della Tichi né tutto quello che c'era oltre i confini di Mocorito e dei suoi dodici anni.

Prese a correre in preda a un panico che gli piegava le gambe, gli rivoltava lo stomaco e gli strattonava il cuore tanto da farglielo salire in gola. Corse fino alla casa della signora Pita, che era vicina, come la salvezza. Entrò, dopo essere fuggito con tutte le sue energie.

«Signora Pita, signora Pita... Concha... Hanno appena ammazzato un uomo».

Era pallidissimo e avrebbe voluto piangere. E chissà che faccia impaurita aveva, visto che Concha, sua cugina, che chiacchierava con Rebeca e Julia, lo prese in giro ridendo: «Non sembri neanche un uomo, ti sei spaventato come una gallina».

«Ma hanno ammazzato un uomo... Ho visto quando gli hanno sparato due volte... È lì, davanti al negozio del cinese Lee, per terra, coperto di sangue».

«Fifone, non sembri un uomo, ti spaventi per questo».

Le ragazze uscirono senza che lui potesse spiegare che era coraggioso, che si era arrischiato a dare il foglio alla Tichi.

Quindi, saltando la staccionata del recinto del bestiame, uscì dal retro sulla piazza e si diresse verso la scuola. Imbarazzato, confuso, non riuscendo a capire perché la gente, Mocorito, la vita, tutto, erano diversi dai suoi sogni e lui stesso era un altro, e poteva provare paura, e non era come nei sogni, quando parlava alla Tichi senza vergognarsi e aveva perfino il coraggio di darle un bacio o di assistere alla morte di un uomo senza scappare via.

COME UN ANIMALE, COME UN UOMO

Lo stomaco mi si strinse, debole, come se la paura avesse colpito direttamente lui. La saliva cominciò a sfuggirmi di bocca e dovetti risucchiare con le labbra una sostanza amara, infinitamente sterile, che mi logorava tutte le parole. Nel petto mi rimbombava una tempesta di panico, il mio cuore era impazzito, e tutta la paura lì concentrata lo faceva pulsare con violenti sussulti, come se stesse per morire più di me, o più in fretta. Le gambe, tremanti, inutili, prevedendo la loro fine, mi obbligavano a cercarle, a toccarle, per essere sicuro di non averle dimenticate da qualche parte fuori dal mio corpo.

Potevo sentire tutto, come se i suoni prendessero forma o si amplificassero: i rantoli, lo scricchiolio delle ossa, le inspirazioni e le espirazioni, il fruscio dei loro indumenti, il rumore sordo dei loro pensieri sinistri.

Ogni tratto di strada percorso dal camion mi dava la netta sensazione di accorciare poco a poco la mia stessa vita, rimpicciolendomi.

Dalle profondità del mio essere scaturì un'ansia remota che acquistava forza e vitalità, e si aggrappava alla speranza della salvezza.

«Dove mi portate?»

La voce uscì da una persona inattesa. Era la mia voce, mi era sfuggita dalla gola e parlava fuori dai miei denti e dalle mie labbra. La sentii sgomenta e angosciata. La sentii e avrei voluto poterle dare la risposta, una risposta tranquillizzante. Avrei voluto persuaderla che non sarebbe successo niente di grave.

«A fare una bella passeggiata. Vedrai come ti farà bene».

Quest'altra voce che aveva parlato era una voce cattiva, piena di sarcasmo, beffarda, insensibile. Una voce carica di cupi presagi, sillaba dopo sillaba. Dapprima ipocritamente affettuosa nel dire «una bella passeggiata». Poi ironicamente crudele nel suggerire qualcosa irto di pericoli. «Come ti farà bene!» Con la feroce capacità di introdurre in quell'espressione l'imminenza di una morte inevitabile, desolante, triste. Efferato avvertimento che mi trovavo nelle loro mani, nelle mani di quegli uomini. Mani spietate. Malvagità che non si curava di scacciare la mia paura, negandomi perfino la dignitosa rassegnazione di morire senza essere terrorizzato, padrone di me stesso.

Come intenerire questi estranei, questi uomini pronti a darmi la morte per ubbidire agli ordini di un'altra persona, come se quegli ordini fossero la verità assoluta e io qualcosa di tanto insignificante da non meritare nemmeno, in un frangente così terribile, una cordiale curiosità?

La notte gocciolava silenzio e ombra, un vasto e oscuro silenzio interminabile, complice, come se condividesse con questi uomini il proposito disumano di «portarmi a fare una passeggiata». La strada adesso era sterrata, una terra polverosa che si infilava tra le fenditure del pianale. Le gomme del camion affondavano in quel terreno molle a cui le mie mani si sarebbero volute aggrappare. Sotto il telone, seduto in mezzo ai tre uomini che mi portavano via, scorgevo a un lato della strada bizzarri profili di cactus che assumevano l'aspetto di braccia nemiche.

Forse davanti a noi, dove non potevo guardare, era giorno. E al passaggio del camion scemavano poco a poco le tenebre, l'oscurità e quello che restava della mia vita.

«Non potrebbe già andare bene qui?»

A parlare era un altro di quegli uomini. E parlava così, di colpo, come se proseguisse una conversazione silenziosa che io non avevo sentito, una conversazione telepatica che era arrivata a un punto cruciale: decidere se «qui». La domanda era stata formulata con naturalezza, come si potrebbe dire qualcosa di scontato. Non una cosa dolorosa o fatale, ma semplice, ovvia. Avrebbe potuto dire: «È pronto da mangiare?»

«Un po' più avanti. Sarà meglio».

Un po' più avanti? Era una misura di lunghezza che avrei voluto conoscere con precisione. Un po' più avanti. Avrei voluto poterla calcolare, millimetro per millimetro. Qualche metro, un chilometro, diversi chilometri. Più in là. Ma non «lì». Il «qui» mi aveva messo in ansia, in tensione. Ed ebbi un breve sollievo perché «un po' più avanti» voleva dire un tempo e uno spazio preziosi... Ma il camion procedeva e quell'«un po' più avanti» cominciava ad avvicinarsi. Mi sembrava che andassimo di fretta, molto di fretta, troppo. Se fosse scoppiata una gomma. Ah, se fosse scoppiata una gomma! Quanto poteva aver girato quella gomma, quelle gomme? Magari non le cambiavano da parecchio tempo; dovevano essere lisce, consumate. La pressione su una pietra avrebbe fatto scoppiare la camera d'aria. Magari qualcuna era bucata... O se fosse finita la benzina. Forse il conducente - che io non potevo vedere - si era dimenticato di fare il pieno. Oppure un cortocircuito. Qualcosa. Un guasto. Che il motore - quello del camion - avesse un guasto. Che nel fabbricarlo avessero fissato male qualche vite, che si fossero sbagliati nel collegare un cavetto. Qualcosa che fermasse l'ingranaggio che faceva girare le gomme mentre ci avvicinavamo a quel posto che doveva trovarsi un po' più avanti...

E se non m'importasse affatto? È il destino. Non ci sono scappatoie. Devo rassegnarmi. È toccato a me. In ogni modo andrebbe così. Chiudere gli occhi, lasciarmi andare, aspettarmi di tutto. Il mio corpo si ribellò. Molte cose che aveva dentro, ricordi, sensazioni, sembrarono risvegliarsi brutalmente. Le mie vene, i miei muscoli, le mie cellule, la mia pelle, come esseri che mi sentivano venir meno, si trasformarono in una voce di protesta, urlando in coro: vogliamo vivere! E la protesta mi vinse, divenne la mia. Ed ero io a urlare: «No, non voglio morire!»

«Ma se andiamo solo a fare un giretto. Non ti piace andare a spasso?»

A rispondermi era uno di quei tipi, e capii di aver parlato ad alta voce. Io? Sì, io, perché in quel momento avevo acquisito la capacità di pensare simultaneamente a molte cose, e una di queste, la più persistente, era fare calcoli, convincermi che sarei riuscito a fuggire, a salvarmi.

Erano tutti seduti, come me, sul pianale del camion. Due li avevo di fronte e l'altro di fianco. Avrei dovuto fare un balzo da tigre. Saltare così rapidamente da impedirgli di fermarmi. Poi, una volta in strada, volare, svignarmela in mezzo ai cactus. Avrebbero potuto spararmi con le pistole e ammazzarmi in ogni modo. Ma c'era un filo di speranza, la mia ultima occasione. «Un po' più avanti» sarei stato completamente alla loro mercé. Accarezzavo questa possibilità miracolosa, nata dentro di me, e ci pensavo in modo dettagliato, vertiginoso.

«Mi sto pisciando addosso, cazzo».

L'uomo che aveva detto queste parole, quello seduto al mio fianco, si appoggiò su di me e bussò sul pannello di legno che ci separava dal conducente. E io provai una grande gioia all'idea che quell'uomo si pisciasse addosso. Un grande piacere che fosse gonfio di orina e dovesse attendere parecchie ore prima di espellerla. E provai gratitudine per l'orina che quell'uomo aveva accumulato nella vescica. Un'orina amica, buona, fraterna.

Gli altri due avevano guardato il tipo dell'orina, sorridendo fra loro, come se stesse succedendo qualcosa di spassoso e di interessante, molto più divertente del «giretto» in sé. Uno dei due sporse la testa e gridò: «Ehi, Crisanto, fermati un attimo».

E con la mano colpì la lamiera dall'esterno per richiamare l'attenzione del conducente che, avvertito, tirò il freno, e il camion poco a poco si fermò, cigolando dolcemente. L'uomo al mio fianco ordinò: «Dai, fatemi passare».

I due seduti davanti a me piegarono le gambe, divaricandole, mentre quello che si pisciava addosso cominciò a drizzarsi in piedi. Nell'istante in cui si preparava per saltare a terra – quel piccolo camion era aperto sul retro –, con ciascuna gamba assestai un calcio, calcolato precisamente in frazioni di secondo e seguendo il piano progettato con l'immaginazione disperata, nei punti in cui dovevano trovarsi i testicoli.

Poi mi appoggiai sulle mani e sulle braccia, con la rapidità di un proiettile, come se i miei muscoli fossero la corda tesa di un arco che si allentava all'improvviso, scagliandomi via; con una fenomenale e perfetta agilità felina, quasi fossi capace di spiccare salti come un acrobata straordinario, il migliore di tutti; con una leggerezza prodigiosa, così esatta, così magistrale, che prima che l'altro uomo saltasse a terra – il suo slancio si bloccò, sicuramente perché cercò di voltarsi per capire il motivo delle urla di dolore alle sue spalle –, lo spintonai, mettendogli le mani addosso, e mentre lui cadeva per terra a faccia in giù, io mi stavo già arrampicando sul piccolo bordo della strada e correvo su per la montagna scansando gli alberi di *mezquite*, che mi lasciavo alle spalle come protezione, e mi allontanavo a zigzag, quando cominciarono a fischiare le prime pallottole, che voci infuriate cercavano di dirigere.

Ogni sibilo mi gelava la spina dorsale, e avrei voluto rendermi invisibile quando un brivido fulminante mi saliva dal coccige fino alla nuca, un brivido gelido, improvviso, che faceva ghiacciare il sudore che mi inzuppava la testa e la faccia. Ma continuavo a correre, con falcate instancabili, lunghe e velocissime, con occhiate che ravvivavano la scarsa luce serale, illuminando il terreno che i miei passi alati sfioravano, senza mai cadere né dover rallentare la corsa.

Perché ero un animale in fuga, un animale dall'istinto lucido e sicuro, e le mie gambe erano quelle di un cavallo, forti e leggere, e i miei occhi erano quelli di un gatto, penetranti, capaci di rischiarare l'oscurità. Ero un animale portentoso con muscoli di inestimabile elasticità, e dell'uomo che ero mi rimaneva la consapevolezza solo nel cuore ebbro.

Perché era soltanto lui, e non io – quando capii di essere in salvo, al sicuro dalle pistole dei tre uomini, al sicuro dalle loro intenzioni –, a ridere nervosamente, immensamente felice, e la sua gioia rimbombava con battiti cordiali che sembravano applaudirmi con affettuosa riconoscenza.

E ora l'immensità della sera era confortante e bella, come un caldo seno materno, e tutte le sagome dei cactus, degli alberi di *mezquite* e delle piante selvatiche, le lucciole, le stelle, il silenzio stesso, la terra, erano una casa sicura e amata, e nella mia vita non c'era niente di meglio che sentirli come se fossero parte di me stesso, cose che possedevano un'anima profonda e tangibile, per le quali sarei scoppiato in lacrime per l'emozione e la gratitudine, accarezzandole con lo sguardo, come accarezzavo il mio corpo, con la mia vita intera in quell'istante, perché ero di nuovo un uomo, un uomo ammirevole e meraviglioso, fatto di sangue tiepido, muscoli vivi, carne eroica, e dotato di un cervello capace di pensare da solo e di salvarmi, un uomo con energie naturali prodigiose, che creava una saggia gioia, di sicuro con un volto più bello e virile che probabilmente le stelle stavano contemplando sorridenti.

PREMERE IL GRILLETTO

La ragazza se ne sta lì, come una canna fuggita dalla piantagione. China sul pozzo per tirare su l'acqua, la sua scollatura lascia presagire la rotonda comparsa dei seni. Gli occhi ardenti di don Rafa indovinano il resto. Collere e risentimenti di piombo liquido fondono il suo odio. Tutto il rancore concentrato di un istinto incandescente a cui si oppone qualcosa.

Don Rafa si decide.

Senza distogliere lo sguardo da dove l'ha fissato, la sua voce coglie di sorpresa il ragazzo che sta spazzando il cortile: «Senti un po', Pancho, cercatemi il Butterato! Ho bisogno di lui qui, presto».

Mentre Pancho, come se l'ordine l'avesse trafitto, parte di corsa, lo sguardo di don Rafa cerca di trasformarsi in tatto. Trapassa la stoffa unta del vestito che fascia le forme provocanti della ragazza che estrae l'acqua dal pozzo. Don

Rafa sente il sangue scorrergli nelle vene come lava furiosa. Il cuore gli batte forte nel petto, eco violenta del suo sesso che reclama quell'altro sesso.

Don Rafa ha perso la testa. Si volta per contemplare le sottili canne i cui ciuffi ondeggiano in una danza organizzata dal vento, e lei, la ragazza, gli appare come la canna più slanciata della piantagione. Darebbe qualsiasi cosa per averla, per avere quella canna che ondeggia nella vita. Lui potrebbe tagliarla, se non ci fosse di mezzo quell'intruso di Gabriel, che l'ha conquistata pizzicando la chitarra e cantandole canzoni che arrivano nel profondo. Don Rafa ha scoperto com'è turbata quando Gabriel, stando a quel che dice, passa a salutare. E come resta a canticchiare le canzoni che lui ha cantato davanti agli uomini in cerchio, facendo affacciare le donne dalle cucine.

Questo Gabriel però è uno screanzato. Non si lascia intimidire facilmente, tanto meno quando c'è di mezzo una ragazza capace di sorridere mostrando denti candidi. Don Rafa ha accumulato un odio intenso, smisurato, che gli rode le budella e gli secca la bocca. Ma sa che a queste cose c'è rimedio, quando uno è capace di nascondere quello che si porta dentro. E adesso si è deciso, una volta per tutte. Nessuno, al di fuori di lui, taglierà quella canna succosa, la più slanciata di tutta la piantagione.

Il Butterato si presenta come al suo solito, le rare volte in cui si fa vedere. Il cappello calcato in testa e uno stecchino fra i denti marci. Ossuto, logorato dalle febbri, lo sguardo penetrante e l'aria di chi sta sorvegliando una persona invisibile. Fra la pelle e il cinturone, la pistola, un complemento del suo corpo. E una certa solennità nei modi. Chissà perché, ma infonde rispetto. Forse perché non ama le confidenze. O magari ha qualcosa a che vedere con la sua fama di buon tiratore.

Si avvicina a don Rafa senza fretta, misurando i passi con l'atteggiamento di chi conosce segreti che gli altri ignorano.

Don Rafa lo osserva, valutando se fidarsi di lui per la prima volta. Ma se già in altre due occasioni...! Non c'è dubbio, è un uomo fidato. Ed efficiente.

«Come va, Andrés. È da un bel po' che non ti si vedeva».

«Lei sa bene che mi piace essere invitato».

«Qui abbiamo bisogno di te...»

«Be', deve solo indicarmi la strada, don Rafa, e io sono già pronto».

«Intanto, che ti servano qualcosa».

Don Rafa si sente sollevato. È seduto sulla sedia con lo schienale in pelle, all'ombra di un albero di fuoco. Laggiù in fondo si estende la piantagione. Tutte le canne oscillano al vento dorate dal sole pomeridiano, mentre il calore sale dalla terra e inaridisce i sensi e l'odio. Il Butterato, in piedi, si asciuga il sudore con un fazzoletto colorato. Dalla camicia gli spunta un medaglione della Madonna di Guadalupe.

Pancho porta un piatto con i bicchierini di tequila, accanto ai limoni e al sale. Il Butterato sorseggia il suo con calma. I due uomini bevono facendo una lunga pausa. Poi don Rafa si alza, prende sottobraccio il Butterato e lo conduce verso il punto in cui gli alberi si confondono con le erbacce, all'altra estremità del cortile. Si colpisce la gamba con un bastone da passeggio.

D'un tratto, bruscamente, butta lì: «C'è in giro un tipo che è di troppo».

Il Butterato tace. Il suo volto rimane impassibile. Sa cosa significa «è di troppo». Già altre volte don Rafa gli aveva detto le stesse parole. Era accaduto quando lui era stato colpito duramente dalle febbri e don Rafa gli aveva dato i soldi perché andasse a curarsi a Cuernavaca. Da lì era nato il loro accordo. In tre anni, due incarichi.

La prima volta, per dirglielo, don Rafa l'aveva presa alla lontana. Era andato tutto bene. Don Rafa è amico del presidente del municipio. Nessuno si sarebbe messo contro di lui, niente indagini né roba del genere. La seconda volta don Rafa si era confidato alla svelta. Una faccenda di terreni. «C'è in giro un tipo che è di troppo». Era scoppiato un grande scandalo, ma l'argomento della legittima difesa aveva imposto il silenzio.

«Che ne dici se togliamo di mezzo questo ostacolo?»

Don Rafa parla molto animatamente, rifilando un calcio furioso a un pezzo di tronco. Il Butterato osserva il frammento dell'albero schizzare via. E capisce. Un pezzo di legno in mezzo alle erbacce non è un ostacolo. I problemi sono da un'altra parte, fra gli uomini. Fra quegli uomini che sono pezzi di legno messi di traverso sulla strada, e che in effetti ostacolano. E quando sono d'ostacolo, vuol dire che sono di troppo o che è arrivata la loro ora. E se don Rafa scaglia via il pezzo di tronco, lui, il Butterato, è capace di togliere di mezzo gli altri. È il suo mestiere. Ognuno deve fare quello che sa fare, quello che gli va. Alcuni devono falciare canne. A lui è toccato, quando ce n'era motivo, falciare uomini che erano di troppo.

E poi, di qualcosa bisogna pur morire. Non a caso hanno inventato le pistole. E quando si falcia un uomo, è come falciare cose che fanno male dentro. Ci sono giornate lunghe e torbide in cui uno li ha tutti contro, come se fosse perseguitato dai fantasmi, o spiato da occhi che lo guardano storto. E non può tenersi la paura che lo segue in punta di piedi e vuole raggiungerlo. La ascolta, e il suo odio cresce. Odia aver paura, sentirsi schiacciato, credersi inferiore. Allora premere il grilletto perché un uomo caschi giù e se ne stia buono è una tranquillizzante rivincita. Magari insieme a lui cadrà anche la paura. È un istante di pace. E se la paura riprende a camminare, qualcuno ha sborsato dei soldi perché quell'uomo restasse per terra.

E bisogna pur vivere. Se altri pagano per questo, la faccenda diventa un mestiere. Poi i giudici trovano una giustificazione. I primi timori si trasformano in fiducia. Uno firma qualche documento e può andare a ubriacarsi. Portarsi a letto una donna senza aver voglia di picchiarla. Stringerla solo un po', senza farle troppo male.

«Dunque, posso contare su di te?»

«Lei lo sa. Solo che per questo lavoretto, don Rafa, vorrei cento pesos. Come sa, è sempre più difficile. Ogni volta fanno più cagnara».

Bisogna sempre mercanteggiare. Ma don Rafa ha fretta, fretta di tagliare la canna, di godersi la ragazza.

«Be', allora d'accordo per cento pesos. Però devi liquidarlo alla svelta. E stai molto attento, non voglio complicazioni».

«Quelle uno non se le cerca, don Rafa, ma i ficcanaso non mancano mai».

«Ma quali ficcanaso, sai già che queste cose si sistemano sempre! Adesso ti do il denaro, come vedi, mi fido di te».

«Lei sa che sono una persona seria. Per questo non mi piace giocare, per non essere giocato. Stia tranquillo, una chitarra resterà senza qualcuno che la strimpelli, come vuole lei».

Don Rafa rientra in casa per prendere il denaro. Una mazzetta di banconote. Il Butterato le conta una per una.

«Deve scusarmi, ma i patti sono patti e gli affari sono affari».

Poi se le infila sotto la camicia, scrupolosamente.

«Bella la piantagione, vero Andrés? Renderà molto bene...»

E mentre il Butterato se ne va, don Rafa è colpito dalla voce della ragazza, in cucina:

Mariquita si chiamava
quella che mi ha lavato il fazzoletto.
Con acqua fresca l'ha lavato
e di rosmarino un rametto.

Sulla cascina, sulla piantagione, scende il silenzio notturno della campagna, sabotato da improvvisi latrati di cani o dal coro caotico delle rane. Don Rafa, in cortile, va avanti e indietro. A ogni falcata un pensiero. A ogni pensiero una falcata: la ragazza, Gabriel, il Butterato. Il Butterato, Gabriel, la ragazza. Da giorni aspetta la notizia. Se sente un cavallo al galoppo si inquieta, rimane in attesa...

Matías si innervosisce all'improvviso e ringhia di malumore. Don Rafa lo zittisce minacciandolo. Dalla staccionata sul retro del cortile spunta il profilo di un uomo. Don Rafa lo riconosce immediatamente. Gli si avvicina.

Una volta faccia a faccia, i due uomini si trapassano con lo sguardo. C'è una complicità ansiosa fra chi brama di sapere e chi va a riferire.

Gli occhi di don Rafa sono due punti interrogativi impellenti. Il Butterato, con la voce addolcita, gli sta rispondendo: «È andata male, don Rafa, il lavoretto non è riuscito bene. Quel tale, Gabriel, è rimasto solo ferito. E io vengo a restituirle metà del denaro. I patti sono patti e io sono un uomo di parola. Appena avrò aggiustato il tiro, chiudiamo l'affare e lei mi dà il resto del compenso».

LA FESTA

La signora del 12, l'infermiera, esce dalla sua abitazione. È alta, matura, energica. Va al lavoro, come ogni giorno. Nel cortile, dove i panni appesi in modo arbitrario vicino ai lavatoi parlano della promiscuità e della povertà del vicinato, passa Irma. È quasi ancora una bambina, anche se i seni racchiusi in un golf attillato rivelano la sua pubertà in fiore, e si asciuga lacrime irrefrenabili.

La signora Lola osserva il pianto della ragazza. La sua esperienza di madre le dice che quelle lacrime nascondono qualcosa di grave. Inquisitoria, imparziale, con amichevole severità ferma la piccola, che piange sempre più forte.

«Sentiamo un po', ragazza, cosa ti succede? Perché questi lacrimoni?»

Con la voce spezzata, dopo un profondo broncio, Irma confessa un problema delicato, come qualcuno che si getta in acqua quando la barca sta per capovolgersi.

«Vado a scuola e sto molto male, signora Lola. Mi esce tanto sangue e la pezza che mi sono messa sta cadendo...»

Sarà che la bambina è già donna? Non l'avranno avvertita la mamma o la maestra? È un'esperienza che spaventa sempre, quando è inaspettata. Poteva trattarsi di quello.

«E la tua mamma non lo sa? Non le hai detto che stai male?»

«Ah, signora Lola, se lo sapesse mi ammazzerebbe! Per l'amor di Dio, non vada a dirglielo...»

Le mutande bucherellate impressionano il volto stupefatto della signora Lola, la cui voce si indurisce. Nella sua domanda c'è curiosità e irritazione: «Sentiamo un po', ragazza, cosa ti è successo?»

È come quando scoprono un bambino che rompe un vaso. Per il bambino, è come se avesse distrutto il mondo. E lo hanno visto. Si mette a piangere con tutta l'anima. Così fa Irma, dopo che è riuscita a dire: «È che Tiburcio... È che Tiburcio mi ha fatto la festa...»

La signora Lola, malgrado la sua fermezza, ha un sussulto. Tiburcio è suo figlio, uno spilungone di quindici anni che ha appena iniziato le medie. È un moccioso. La voce gli sta cambiando, si è fatto robusto, a volte fa tardi, rientra dopo l'ora che aveva promesso... ma è un moccioso. Se non lo sa sua madre!

«Vai al negozio della signora Chonita. Ti raggiungo lì fra un momento. E smetti di piangere, ti curerò io».

E se fosse vero? Sarebbe terribile! Il signor Pancho, il padre di Irma, non ci penserebbe due volte ad ammazzare Tiburcio. La signora Lola è preoccupata. Deve verificare immediatamente.

Torna a casa. Il ragazzo deve essere lì.

«Tiburcio, vieni qui!»

Eccolo che arriva. Come se l'avessero scoperto: a testa china, spingendo avanti dell'immondizia con un piede, senza alzare lo sguardo.

La signora Lola lo guarda: è suo figlio. Un bambino. Un bambino che dovrà diventare uomo.

«Tiburcio, cos'hai fatto a Irma?»

Il tono di voce è inappellabile. Impossibile salvarsi. Tiburcio si mostra intimidito. Capisce di non avere vie di fuga. E l'atteggiamento di sua madre non lascia presagire niente di buono.

«Allora, ti ho chiesto, cos'hai fatto a Irma? Dai, rispondi alla svelta, altrimenti mi arrabbio ancora di più...»

Arrossisce. Non è facile spiegarlo. Ma non ha scampo. E confessa di colpo: «Be', è che... insomma, è da un bel po' che lei mi diceva che non ero un uomo... e poi... e poi mi saltava addosso... io le dicevo di starsene buona... che gliel'avrei fatto vedere se non ero un uomo... che le avrei fatto la festa...»

La signora Lola non sa spiegarsi perché, ma nonostante tutta la sua angoscia, dentro di lei nasce un sorriso. Deve fingere di essere in collera.

«Ah, e così sei un vero ometto, eh?»

Tiburcio aspetta che la madre lanci la saetta che lo polverizzerà. È spaventato. Sente che stanno per uscirgli le lacrime.

«È stata colpa sua, mi cercava sempre... anche oggi... mi strattonava e mi si aggrappava addosso... e diceva che non ero un uomo... e io ero in bagno... ed è venuta anche lì a dirmi che non ero un uomo... e allora l'ho presa e le ho fatto la festa...»

Non si trattiene più. Si sfrega gli occhi.

«Lo vedrai, razza di scemo, adesso imparerai cosa vuol dire essere un uomo! Da questo momento hai chiuso con la scuola e i vagabondaggi. Visto che ti senti già capace per quelle cose, adesso capirai cosa vuol dire davvero portare i pantaloni. Oggi stesso ti metto a lavorare, mi hai sentito? Oggi stesso, senza lasciar passare un solo giorno. Vedrai che ti passerà la voglia di fare porcherie».

Ora la signora Lola è arrabbiata davvero. Afferra il ragazzo per un braccio e lo schiaffeggia forte. Ogni schiaffo è più violento del precedente.

«Via, vattene fuori! Vediamo se ti ammazzano, svergognato che non sei altro!»

Tiburcio esce sfregandosi il naso. Deve essere molto grave quello che ha fatto. Attraversa il lungo cortile, fino in strada, con il timore di incrociare il signor Pancho. Come ogni giorno, cammina accanto alla lunga ferrovia. Tiburcio si sente strano, un altro. Lì c'è il quartiere dove è cresciuto. Le stesse strade che ora sono diverse. I binari della ferrovia. I banchi degli ambulanti. La gente. E gli sembra di vedere tutto per la prima volta.

«Cos'è successo, Tibu, che hai?»

Sono i suoi amici. I suoi «fratelli». Quelli della sua banda.

«Mi hanno picchiato».

«Non dire cazzate, perché, che hai fatto?»

«Be', ho fatto la festa a Irma...»

Loro non si arrabbiano. Lo guardano con espressioni incuriosite, di ammirazione.

«Ma guardalo, che furbacchione! Adesso sì che sei un uomo!»

«Dai, fumati una sigaretta».

«Sentiamo, racconta, com'è stato?»

Non si vergogna più e non è più spaventato. La sua paura si trasforma in orgoglio. Come se di colpo fosse cresciuto molto. E mentre racconta, Tiburcio comincia a sentirsi bene.

È bello sentirsi uomini, pensa.

Nel negozio della signora Chonita, Irma è triste. Piange silenziosamente, inconsolabile. Non sa perché, ma è come se fosse tornata piccola, come quando non era neanche capace di camminare.

QUESTIONE DI DITA

Oggi l'ho presa, finalmente! Ho avuto paura. Non so perché, ma temevo che arrivasse il direttore. Vorrà che mi spogli. Come l'altra volta, quando era scomparsa una mazzetta di banconote di grosso taglio. Ci avevano rinchiusi tutti, per perquisirci. Poi avevano impartito bruscamente l'ordine: «Toglietevi i vestiti!» C'era un tipo che non mi perdeva di vista. «Non sono stato io, ve lo giuro, ma non posso spogliarmi». Inutile. Cazzo, se gli altri potessero leggerti negli occhi. I miei lo rivelavano quasi con le lacrime: quel giorno non mi ero messo l'unico cambio di indumenti intimi che uso; erano rimasti insaponati perché avevano tagliato l'acqua. Cosa avrebbero detto gli altri? Quando avessero scoperto che indossavo soltanto l'abito con cui mi vesto da anni, il rispetto per i miei capelli bianchi si sarebbe trasformato in compassione. Avevo opposto resistenza. Messo davanti alle due vergogne – che mi credessero un ladro o che scoprissero la mia nudità –, avevo scelto la prima. Invano. Mi avevano circondato. Quei tipi volevano il denaro. «Se l'ha preso ce l'ha addosso; non ha avuto il tempo di portarlo fuori». Pretendevano di togliermi i vestiti con la forza. Avevo capito che avrebbero potuto rovinarmi l'abito e mi ero ricordato che dovevo partecipare alla veglia funebre, al 3, dove era morta la bambina. Così mi ero sbarazzato io stesso della giacca, del gilet e dei pantaloni. Una volta spogliato della modesta dignità che mi copriva – il vecchio abito ormai divenuto una seconda pelle –, non mi importava più di niente. Come un condannato a morte che si rassegna all'idea e arriva davanti al muro assurdamente tranquillo, allo stesso modo io mi ero spogliato dei vestiti, del rossore e della vergogna. Non lo dimenticherò mai, ma aveva smesso di farmi stare male.

Questo episodio mi ha fatto pensare al direttore nel momento in cui prendevo la banconota. Era naturale: prima di decidermi avevo dovuto vincere molte resistenze dentro di me. Per sei mesi avevo studiato tutti i mezzi per ottenerla. Quella pipa mi affascinava. Ogni giorno le lanciavo un'occhiata o la contemplavo rapito, sistemata nella vetrina ed esposta in un bell'astuccio. Una Dunhill autentica, con il cartellino che indicava il prezzo: cento pesos. Attraverso il vetro fiutavo il suo odore di mela, di legno, di bosco. Tante sere, in casa, mentre Matilde si lamentava delle cose di cui io non mi lamento più – le difficoltà di una vita a cui sei costretto a rassegnarti –, mi estraniavo pensando alla pipa, mi inebriavo della soddisfazione di potermela godere. Me la sentivo in mano, fra le dita, che sprigionava un fumo rilassante, gradevole, aromatico, mentre aspiravo il suo piacere con lunghe e deliziose boccate. Così sono arrivato a capire che era l'ultima felicità che potevo desiderare nella vita. Ho deciso di comprarla. Ho pensato a tutte le possibilità: aumento di stipendio, tornare a casa a piedi, non comprare il giornale tre volte alla settimana, non dare la paghetta domenicale a mia nipote, fumare metà delle sigarette che fumo. In un mese ho risparmiato quattro pesos. Quel giorno Matilde si è ammalata: sono riuscito a malapena a pagare la visita medica.

La pipa continuava a stuzzicarmi ed è diventata una fissazione. Una volta che hai permesso all'erosione del fallimento di distruggere i tuoi grandi desideri, ti lasci dominare da quelli piccoli, che si rivelano più forti, più urgenti. Ho tentato di convincermi che potevo comprarne una meno pregiata, meno cara. Niente da fare. Come quando, da giovane, dopo aver sofferto molto per una donna avevo cercato invano di consolarmi trovandone un'altra, la stessa cosa mi succedeva con la pipa: doveva essere proprio quella della vetrina. Alla ricerca di alternative, mi è venuta in mente l'ultima: prendere una banconota da cento pesos, una di quelle che conto con le mie dita, e rimettercela dopo un po' di tempo. Potevo fare in modo di impedire che scoprissero la mancanza. E se mi avessero pescato? Questo pensiero mi ha bloccato per varie settimane, ma alla fine il mio desiderio si era esasperato e non m'importava più di rischiare tutto. Avevo dei rimorsi di coscienza per Matilde perché, dovendo restituire al più presto i soldi sottratti, sarei stato costretto a addebitare a lei le detrazioni dal mio stipendio, tagliando la somma già scarsa che le do. E se mi avesse fatto domande sulla pipa? Non avrebbe potuto immaginare che era di valore, autentica, e che mi era costata cento pesos. E nemmeno quello che significava per me.

È stato molto difficile, ma ho preso la banconota. Ho trasmesso tutto il mio coraggio alle dita; le ho guidate ad arraffarla come se dovessero proteggersi da cento sguardi. Veloci, furtive, me l'hanno nascosta in tasca. A ogni istante controllavo che fosse al sicuro tastandomi i pantaloni. La certezza che la pipa sarebbe potuta diventare mia mi incitava a non ascoltare i maledetti scrupoli che mi spingevano a restituire la banconota. Ero emozionatissimo e frastornato. Il cuore mi batteva forte e mi sembrava un ragazzo che urla a squarciagola e che si vorrebbe far tacere in qualunque modo.

Il collega dello sportello accanto – ci divide solo una grata di fil di ferro – mi ha trattenuto per raccontarmi mille dettagli dell'intervento chirurgico a cui è stata sottoposta la moglie. Io guardavo l'orologio e gli altri impiegati che poco a poco se ne andavano. Ho dovuto sopportare la storia fino alla fine. Stavo già per uscire dimenticando il cappello. Quando sono tornato a prenderlo ho incrociato Felipe. Felipe, il fattorino, è più vecchio di me e di tutti quelli che lavorano qui. È orgoglioso di farci sapere che ha conosciuto il signor Manuel – il direttore – quando questi era ancora un bambino. Felipe arrivò qui prima che fosse costruito l'edificio della banca. Il padre del signor Manuel lo salutava tutti i giorni al suo arrivo, e questo lo rendeva felice. I saluti finirono quando il signor Manuel prese il posto del padre. Per la mancanza di quei saluti, che erano il suo pane quotidiano, il suo vino, il suo aumento di stipendio, il carattere di Felipe inacidì, e lui divenne taciturno e sgarbato. Perciò sono rimasto sorpreso: il vecchio stava piangendo in silenzio ma apertamente.

Non so da quale cattivo presagio sono stato assalito, tanto da ficcare la mano in tasca, d'istinto, per proteggere la banconota. «Cosa le succede, signor Felipe?» L'uomo aveva una grande pena e me l'ha buttata lì senza sapere il male che mi avrebbe fatto: stava aspettando di seppellire il figlio morto. Con il berretto in mano, si era fatto coraggio ed era andato nello studio del signor Manuel. Voleva in prestito i soldi per il funerale. Una cosa da niente, poco più di cento pesos, perché sa che ad altri li presta. Aveva atteso per tutta la mattinata, con un dolore muto nascosto fra i solchi delle rughe, sperando testardamente che il padrone gli concedesse il prestito. Chiaro, qui si fa in modo che non esca denaro senza garanzie. Il signor Manuel gli aveva spiegato che la situazione era critica, che controllavano i crediti, si era riferito ai regolamenti della banca e gli aveva dato soltanto cinque pesos. E lui era lì davanti a me e aspettava qualcosa...

Mi sono avvilito. Come mi sono sentito male! Ho tirato fuori dalla tasca la mano coperta di sudore. Ero sul punto di... ma mi sono aggrappato alla pipa con le unghie e con i denti. Sei mesi di terribile lotta interiore per prendere la decisione. Non potevo rovinare tutto in un istante. Non osavo guardarlo. Fissando lo sguardo da un'altra parte, senza lasciarmi commuovere dalle sue mani supplicanti, sono sfuggito a quegli occhi che annegavano nell'amarezza, un'amarezza insopportabile, opprimente. «Se me l'avesse detto prima, avremmo fatto una colletta». Ho deciso di andarmene, di sottrarmi all'assedio del suo dramma. «Meglio se restituisco la banconota, meglio se restituisco la banconota». Era una bugia, avrei comprato la pipa a ogni costo. «Mi scusi, per me si fa tardi; domani vediamo il da farsi». Non ha detto più niente, ammutolito per la disperazione, ignorando che per un'eternità era stato l'occhio della mia coscienza.

Che roba! Credi che il tuo cuore si sia indurito e di colpo rimani turbato. Ah, ma la pipa! La sua vicinanza mi ha aiutato a sovrapporre altre immagini a quella di Felipe. Sono passato velocemente davanti alla vetrina. Solo un'occhiata. Meglio domani, per dimenticare questo incontro. Quando sono arrivato a casa, quelli del 5 erano in strada con tutti i loro arnesi. Non ho avuto bisogno di fare domande. Ho capito che li avevano cacciati per non aver pagato l'affitto. Ma non avrei mai potuto immaginare lo stato d'animo di Matilde. Era furiosa, una leonessa. Ha detto peste e corna del governo, dei ricchi che tolgono il tetto ai poveri. Se l'è presa anche con me e con la banca. E poi, piangendo, mi ha lasciato attonito: «Preferirei che rubassi alla banca e salvassi questi poveretti, Donaciano. Come faranno con il signor Santiaguito senza lavoro? E quei poveri bambini...» Ho risposto seccato: «Lo sai che non ne sono capace...»

Non ne sono capace? La mia mano ha palpato la banconota. Lei non ha notato la mia espressione, altrimenti si sarebbe meravigliata. Il colpo è stato così duro che mi ha salvato. Mi sono ripreso. Con tenacia ho somministrato degli antidoti alla mia compassione: cosa avevo a che fare io con quelle tragedie? Sono cose che succedono ogni giorno, il mondo va così. E come avrei potuto mettervi rimedio? Nel giro di poco tempo, altri cento pesos. Un barile senza fondo. Li avrebbero comunque cacciati in seguito. No, cedere era un'assurdità. Mi sono difeso. E poi, non ho rubato. Si è trattato di un prestito. Lo ripagherò. Ho diritto alla mia pipa. Ho lavorato per tutta la vita e non ho mai fatto del male a nessuno. «Scusami, Donaciano, lo so che non possiamo farci niente. Ma è molto penoso assistere a una cosa del genere». Sembrava una giustificazione per il mio silenzio colpevole. Io mi ero aggrappato alla pipa, per sempre...

Non sono riuscito a dormire. Quante cose puoi pensare in una notte dopo una giornata simile! Puoi ripercorrere tutta la tua vita, dall'inizio alla fine. Puoi superare ogni distanza, decidere qualsiasi cosa; farti tutte le immagini di te che preferisci. Notti così lunghe che hai il tempo per sistemare nel tuo cervello l'universo intero, tutte le sensazioni e le idee, i sentimenti, quello che sei stato, quello che non sei stato, quello che avresti voluto essere. A volte mi fanno male le dita. Quante cose belle avrebbero potuto fare nel corso dell'esistenza! Mi piaceva la musica, sarei potuto diventare un grande pianista, magari avrei composto opere famose. Ormai è tardi! Mi sono servite solo per contare soldi dietro lo sportello di una banca. Tutto qui: contare e contare. Lì nella fila ciascuno aspetta il suo turno: quelli che depositano e quelli che incassano. Le mie dita, abilmente, preparano mazzette ordinate, il cibo delle insaziabili casseforti. Fuori, milioni di persone soffrono. Qui dentro si accumula ciò che renderebbe la vita meno brutta... Ma del giovane che voleva compiere grandi imprese resta solamente l'uomo che alla fine desidera, al di sopra di qualsiasi altra cosa, una pipa.

Che fatica ho fatto ad alzarmi! Sono arrivato tardi in banca. Che sollievo non vedere Felipe! Di nuovo a contare, con le dita intorpidite, rigide, difficili da gestire persino per nasconderle, intimorite, in tasca. A tratti mi dimenticavo delle mie recenti impressioni, come se si fosse trattato di un sogno. In quel momento Conchita è entrata nel mio gabbiotto. È una bella ragazza di vent'anni, tutta dolcezza. È figlia di Pedro, un amico, un vecchio amico di gioventù. Per me Conchita è come una figlia, la figlia che Matilde non mi ha potuto dare. Mi ha salutato come d'abitudine, in quel modo che mi scalda il cuore e la vecchiaia. Aveva gli occhi tristi. Non riuscendo a trattenere le lacrime, mi ha confidato la sua angoscia. Pensavo che avesse a che fare con il suo fidanzato, uno spilungone alla moda che vorrebbe sposarla. Invece no, era per Pedro: un attacco di appendicite. Si trovava all'ospedale e non aveva abbastanza soldi per pagare l'intervento. La figlia era disperata, non sapeva più a quali risorse ricorrere per raggranellare la somma mancante. E si confidava con me non nella speranza che le risolvessi il problema, ma per ricevere incoraggiamento.

Le mie dita stropicciavano la banconota, in tasca, come malviventi che portano a termine un crimine. Lo confesso: mi si è offuscata la vista e il cuore mi batteva come se fossi un delinquente davanti a un giudice incorruttibile. Che disperazione! È così difficile lasciare che crolli un progetto accarezzato a lungo. Hai vissuto nel vuoto, privo di prospettive, come se facessi girare senza sosta la macina di un mulino. La vita è diventata un muro nero e spesso. Un giorno, riesci a praticarvi un piccolo foro; ci hai lasciato l'anima, ma finalmente vedi un po' di chiarore, una lucina. Sì, è piccola, ma quanto significa! Ed ecco che la coscienza ti spinge a tappare quel sollievo. Gli altri? Le miserie che ci circondano? E tu, allora? Chi intuisce quello che hai lasciato per strada, che hai sacrificato? La pipa! È lei quella lucina, l'ultimo osso che potrai rosicchiare. E lì c'è Conchita, che singhiozza. Come si può mettere da parte il cuore? Come si può essere egoisti, freddi, crudeli? Io lo so: ricordando tanti giorni grigi, implacabili. Senza una goccia di pietà, senza un sorriso profondo. Arrivare a casa, come sempre, e dare a un'altra persona metà della nostra amarezza; e ricevere, in cambio, un'amara rassegnazione. La pipa può cambiare tutto. No, non posso cedere! La pipa mi spetta, anche se non la volessi più, è qualcosa di più importante della disgrazia di Felipe, della miseria di quelli del 5, della salute di Pedro. Perfino delle lacrime di Conchita!

Ecco la salvezza: davanti al mio sportello si sono raggruppati diversi clienti. «Non si preoccupi, signor Donaciano, so che li otterrò». Contare, contare. Mentre lo fai, non puoi pensare a niente. È così che mi sono abituato a scansare i pensieri sgradevoli. Solo cifre, conti. Gli occhi sorvegliano le dita come un domatore la belva ammaestrata. Tutto il cervello sta allerta che non vi siano errori. È denaro della banca e non si ammettono sbagli. Una pausa. La pipa. Sono eccitato come chi sa che l'appuntamento odierno con la donna desiderata è quello decisivo. Oggi sarà mia. Mette ansia non farlo subito. Un pretesto. In quindici minuti al massimo posso andare a prenderla. Mi invade l'inquietudine di perderla, di tirarmi indietro. Vado a comprarla. Mi sento leggero. Sono di fronte alla vetrina: eccola che mi aspetta. Tremando, la chiedo alla commessa e vengo colto da un'emozione fortissima. Me la mostra. Come si adatta bene all'incavo della mano, com'è gradevole per le dita sentirla, accarezzarla, stringerla...

E che cosa terribile! D'un tratto ho la rivelazione che non sarò capace di comprarla, che non sarà mai mia. Dentro di me crolla tutto. Cosa succede? Dov'è la forza che ho avuto per vincere la compassione? Si è esaurita lì. Il muro si è richiuso, per sempre; la lucina si è spenta. Sono nelle tenebre. Che sconfitta! «No, signorina, non era questa... Mi scusi... tornerò un'altra volta». No, non tornerò.

Rientro in banca, lentamente. Sono nel mio gabbiotto. Ho la banconota in mano. Non è mia, non ho saputo farla mia, non lo sarà mai. La rimetto al suo posto. Nessuno saprà mai che cosa ho perso, né quanto sono egoista, quanto sono vigliacco. Quello che poteva placarsi e non si è placato. Nessuna cifra altererà il totale del bilancio. Sarà tutto in ordine: cento pesos in più nella cassaforte.

ADRIANA

La tenera apparizione

Sentì un irrefrenabile desiderio di saltare, un irrefrenabile desiderio di ridere, un irrefrenabile desiderio di piangere, un irrefrenabile desiderio di gridare.

A passi svelti, nervosi, cercò un posto dove andare. Quasi senza rendersi conto che la madre della moglie lo abbracciava, uscì nel corridoio.

Quando oltrepassò la porta – la porta dietro la quale aveva sentito i gemiti della puerpera e il pianto della neonata –, sbucò fuori un'altra infermiera.

«Somiglia a lei».

Avrebbe voluto avere le ali.

E lì, nella solitudine del corridoio, trasalì.

Come se fosse uno spettacolo di fuochi artificiali che salivano in cielo tracciando con le loro luci variopinte tutto il volume della notte.

Come se la sua interiorità crescesse e fosse bagnata da fiumi di tenerezza e di gioia.

Come se stesse assaporando la bontà della vita.

Come se tutto fosse cambiato e lui fosse un altro, mille volte migliore.

Come se fosse un uomo straordinario.

Come se avesse imparato a dire, con una parola, milioni di parole.

Come se fosse convinto che non sarebbe mai morto.

Ed era così vertiginoso, così lucido, così profondo, così sorprendente, così inaspettato e così bello tutto ciò che gli ribolliva nel corpo e nel cuore – e così chiara la sensazione che per la prima volta nella sua vita sarebbe potuto andare dove voleva –, che piangeva avendo voglia di ridere, e rideva avendo voglia di piangere, senza sapere se stava ridendo o piangendo.

«Si sente poco bene?»

Glielo domandò la madre di sua moglie, mentre gli si avvicinava per sostenerlo, spaventata.

«Adesso mi riprendo. Grazie. Non è niente. Stanno bene?»

Arrivò l'infermiera, candida, buona.

«Venga. Ora può vedere sua figlia».

Lì, dietro un vetro, avvolta nei panni che la moglie aveva preparato in anticipo, speranzosa e con affetto, e che lasciavano intravedere solo la testa, c'era lei.

La guardò fissamente, con stupore, con curiosità, con esitazione, con sicurezza, con una tenerezza strana e nuova, con timido, superbo e grande orgoglio. E più tardi, uscendo dall'ospedale, spinse la porta indeciso se restare lì o correre in cerca di esseri umani per dargli la notizia. Con l'impulso di andare da qualche parte. Si ficcò le mani in tasca, le tirò fuori e le sfregò come se si salutasse da solo, perché era semplicemente e completamente felice.

Camminava in fretta, cercando la gente, desideroso di condividere la propria gioia. E a un angolo di strada, trovandosi davanti uno sconosciuto che aspettava il tram, con una gran voglia di abbracciarlo gli disse: «Si fumi una sigaretta. Gliela offro molto volentieri».

La felice scoperta

Adriana conosce i fiori. Le piacciono. Fra le mie braccia, mentre scopre il mondo, li osserva incuriosita e allunga verso di loro le sue manine per accarezzarli con graziosa e delicata precauzione.

Le prime idee precise per lei, oltre a noi che le stiamo intorno, sono le luci, il bebè, il miao, la strada, la pappa (il latte), la culla, la nanna (a dormire), non toccarlo!, la zampina (il piede), issa! (perché si afferri alle mie spalle quando la prendo in braccio), guarda! (perché guardi qualcosa che non ha mai visto).

Quando arrivo a casa e mi vede, sorride allegramente e mi offre la sua prodigiosa tenerezza, come se ogni giorno fossi per lei una gradita sorpresa, quando è lei a esserla sempre per me. Capisco il piacere che prova nell'aggrapparsi alle mie braccia, nel circondarmi il collo, nel graffiarmi un orecchio, nello spettinarmi. Credo che si senta più a suo agio per comprendere e conoscere via via tutte le cose sconosciute, inattese, che sbocciano davanti ai suoi occhietti scrutatori: immagini e oggetti che i suoi sguardi intelligenti vanno identificando e che lei poco a poco trasforma in idee precise e, secondo una logica poetica, in semi di parole dai quali la sua memoria embrionale fa crescere un linguaggio.

Se le dico: «Andiamo a vedere il miao», sa già che usciremo sul terrazzino, che io farò «Psss!», e che quando rivolgerà lo sguardo al tetto comparirà un gatto, e lei potrà osservarlo a lungo con attenzione.

Le propongo: «Usciamo?» Agitandosi, dà il suo consenso entusiastico e guarda in direzione della porta. La porto a spasso sul marciapiede e lei contempla tutto dal suo punto di osservazione, in particolare i bambini che giocano, e li segue fissandoli, forse con il desiderio di correre e saltare come loro, attratta da affinità che probabilmente intuisce.

Richiamo la sua attenzione sul fatto che dietro di lei, alle sue spalle, passa un cane, e immediatamente si volta. Se è seria, sorride d'un tratto davanti a qualsiasi persona – non mi azzarderei a dire che ride di loro –, perché qualcosa in quella persona le ha suscitato un sentimento di allegra sorpresa. Oppure se ne esce in gridolini gioiosi davanti a bambini della sua stessa età, mentre osserva tutto, assorta in misteriose meditazioni: le macchine, i tram, i pezzi di carta gettati per terra, una finestra, la gente che passa o qualcosa che se ne sta lì da tempo immemorabile, sotto gli occhi di tutti, e che nessuno è più capace di vedere.

Poi, stupefatta di fronte a quel mondo statico e dinamico che ribolle fuori della sua stanza, si china sulla mia spalla e la cullo finché si addormenta. E allora vorrei poterle comunicare che per me nessuna di quelle cose – la strada, la gente, la giornata, i colori, le forme – è meravigliosa quanto lei stessa, quando la tengo fra le braccia e mi fa sentire che sto stringendo dolcemente la più dolce di tutte le creature.

Il prodigioso «da sola»

Scorrazza per casa, a gattoni. Solo quando si sente sicura si azzarda a camminare, a piccoli passi, e gira intorno al letto. Vogliamo farla continuare ma si rifiuta. Preferisce la sicurezza del pavimento, dove appoggia i piedi e le mani. Va e viene, instancabile. È cresciuta alla svelta, quasi da un giorno all'altro, un sorridente miracolo, riempiendoci di stupore per il fatto che è la stessa miniatura che cullavamo tenendola fra le mani, quando era piccolina, così piccolina che credevamo ci sarebbero voluti molti, moltissimi anni per crescere di un altro palmo. Invece è passato meno di un anno e lei è cicciottella, si muove, vede tutto, vuole toccare tutto con una curiosità inesauribile che le fluisce dalle manine. Ormai la casa, che per lei era così grande, si va rimpicciolendo e non ho molte cose nuove da mostrarle, perché le conosce già tutte. Oggi sua madre mi ha rivelato una notizia sorprendente, di insolita importanza: «Adriana, sa già camminare da sola». Mi sembra un'impresa straordinaria. Lei, così piccolina, per la prima volta ha imparato a reggersi in piedi e a restare ben salda senza l'aiuto di nessuno. Glielo chiedo amorevolmente, preparandomi a vedere uno spettacolo magnifico: «Adriana, cammina da sola per il tuo papà». Lei medita un po' e accetta gentilmente di soddisfare la mia richiesta, ma sa controllare l'emozione meglio di noi. La sollevo, la metto per terra e mi accontenta. Rimane in piedi, con le gambine aperte, senza chinarsi, per reggersi meglio. Io, accoccolato, la guardo pieno di speranza e ammirazione. Lei non si muove. Non osa farlo, per paura di cadere. E d'un tratto, perché dopo un momento di immobilità ha creduto che sarebbe rimasta lì in bilico, lancia un grido, ansiosa, sul punto di spaventarsi. E prima che scoppi in lacrime le tendo le braccia, la faccio sentire in salvo dalla perdita dell'equilibrio. E ridiamo tutti e due felici, pieni di mutuo orgoglio. Lei perché io sono lì, per tenderle in tempo le braccia; io perché lei, imparando a stare in piedi, si è trasformata in un formidabile prodigio della vita.

UN GATTO NELLA FAME

Suo padre lo aspettava sulla porta.

«Ti sei procurato qualcosa?»

C'era una speranza angosciante nella sua voce e nei suoi occhi.

Ogni volta che non aveva ottenuto niente, come ora, si accorgeva che la faccia di suo padre era più ossuta, rinsecchita per i digiuni. Si sentiva terribilmente infelice e dolorosamente responsabile del fatto che il padre dovesse restare senza cibo.

Entravano in silenzio. L'acido silenzio della sconfitta.

Nelle due stanze, le galline schiamazzavano sporcando le tavole del pavimento – dipinte male con una pittura gialla – e lasciando un odore sgradevole. Lei sarebbe morta se qualcuno le avesse toccate. Piuttosto di far mancare il mais agli animali, restavano tutti senza mangiare. E quando le galline riuscivano a deporre un uovo, questo era sufficiente per proteggerle dalla loro fame.

«E allora, hai portato i fagioli?»

Cominciava così, per proseguire in crescendo, fino agli insulti. Era malata di nervi. Le offese più oltraggiose che le uscivano di bocca erano rivolte al vecchio. Forse in quei momenti lo odiava più di quanto lui odiasse lei.

Lui sentiva le ingiurie e le urla come se fossero scagliate contro la sua stessa carne. Finché esplodeva.

«Sta' zitta, sembri pazza».

E come le altre volte, in quei momenti lei cadeva preda di una crisi. Aveva convulsioni che la facevano stramazzare a terra, con gli occhi stravolti e la schiuma sulle labbra.

Insieme i due la sollevavano e la mettevano sul letto, senza fare commenti. Tutt'al più il padre, preoccupato, lo incalzava: «Non ci sarà dell'alcol?»

Al tramonto, al lume delle candele – avevano tagliato un'altra volta la luce elettrica –, tutto era immensamente triste e brutto. Così triste e brutto che non veniva nemmeno voglia di piangere di fronte alla desolazione che si era incrostata lì, in qualche metro quadrato nel cuore della città.

Il padre, inquieto, si concentrava su Chato, un gatto bianco dagli occhi meravigliati e lacrimosi, sempre sporco. Sembrava un cane, tanto era umile. Lo accoglieva saltandogli sulla spalla e poi se ne stava lì, padrone dell'unico posto gradevole della casa.

Il padre, apprezzando con un sorriso orgoglioso l'intelligenza del gatto, diceva: «Nessuno è capace di fare una cosa del genere».

Erano amici.

Lo accarezzava dicendogli parole paterne. Per ore e ore Chato faceva le fusa sulla sua spalla e scaldava l'isola in cui il vecchio si insediava, accomodandosi sulla sua sedia, senza rispondere alle instancabili chiacchiere e alle interminabili lamentele della moglie, che gli rinfacciava che «non c'erano uomini in casa».

Entrambi, il vecchio e il gatto, sembravano non udire lo sgradevole ritornello. In ogni caso, l'animale saltava giù dalla spalla e si sedeva sulle gambe del vecchio, che gli accarezzava il dorso in continuazione, come se accarezzasse, sul suo pelo irsuto e appiccicoso, un'unica e limpida speranza.

Un altro giorno, padre e figlio uscivano insieme. Il padre avrebbe fatto un giro per incontrare il conoscente che si era offerto di trovargli lavoro in un ufficio statale, poi avrebbe ingannato il tempo camminando nelle caotiche vie di La Merced per aspettarlo infine vicino a casa. A mezzogiorno si sarebbe trovato sulla porta, con la stessa angoscia.

«Ti sei procurato qualcosa?»

Lui era giovane e quella volta aveva rimediato dieci pesos. Non aveva resistito all'idea di cercarsi una donna. Come in altre occasioni, aveva avuto dei rimorsi. Con i dieci pesos avrebbero potuto mangiare tutti per una settimana. Ma anche quell'altra fame era forte e urgente.

Una tra le prime che gli si erano offerte. Lo aveva sedotto con la profonda tenerezza della sua voce: «Vieni, biondino, ti farò delle belle cose».

Si era accordato per due pesos e ne aveva sborsati tre per la stanza d'albergo. Avrebbe voluto prolungare quei momenti. Ma anche lei aveva rivelato di aver fame: le interessava soltanto andarsene alla svelta con i suoi due pesos.

La malattia si manifestò tre giorni dopo, quando i soldi erano già finiti. Ebbe la sensazione di essere perduto per sempre e che non avrebbe mai potuto risolvere assolutamente nulla. Come se fosse appena entrato in una vita ancor più brutta di quella della miseria, che ora ricordava come più sopportabile.

Avrebbe voluto restarsene a letto, per nascondere la sua vergogna e la sua disgrazia. Per pensare a tutti gli anni e a tutti i giorni precedenti il momento della schifosa rivelazione, che ora gli apparivano giorni e anni luminosi.

E lì c'era Chato, con i suoi grandi occhi lacrimosi che sembravano comprendere tutto.

Gli venne voglia di molestarlo.

Con il manico di una scopa cominciò a inseguirlo e a tormentarlo. Il gatto, sorpreso, se la squagliò e scappò terrorizzato in terrazzo.

Non tornò più.

Passarono i giorni senza che il padre dicesse una parola. Solo, nella sua isola ora incompleta, afflitto per la mancanza delle cordiali fusa del suo amico, sprofondò in cupe fantasticherie.

Un giorno, finalmente, il figlio trovò un lavoro. Quando fu vicino a casa e vide il padre che lo aspettava, gli sorrise da lontano per rincuorarlo.

«Sai, papà, ho trovato lavoro. Guadagnerò venticinque pesos alla settimana e mi hanno dato un anticipo. Non ci mancherà più da mangiare e potremo pagare l'affitto».

Il vecchio rimase serio, triste, mostrando una sorprendente indifferenza verso notizie così buone.

«Povero Chato, si è perso per sempre».

E lui capì che aveva tolto a suo padre ciò che gli dava la forza di vivere tutti quei giorni miserabili.

Che lo aveva lasciato solo.

Talmente solo, lì in piedi all'ingresso del quartiere, come se tutto il resto gli fosse estraneo, vuoto, e la sua vita fosse andata in mille pezzi che non si sarebbero mai più rimessi insieme.

L'INFANZIA PROIBITA

a José Revueltas e Raúl Ortiz Ávila

A quel tempo ero un marmocchio sognatore e sensibile che si arrampicava con difficoltà su per i suoi undici anni male indirizzati. Di fronte alla mia precaria e asfissiante infanzia si ergeva il mondo dei «grandi». Ma quel mondo vivo, confuso, in cui anelavo sbarcare, era dietro l'angolo, quell'angolo che limitava il mio libero arbitrio e oltre il quale, per una severa, rigorosa proibizione, ci era vietato andare. Castighi severissimi incombevano sulle nostre timide spalle, se ci fossimo azzardati a oltrepassare quella linea del fuoco, dopo la quale potevamo smarrirci o essere rapiti dai ladri di bambini. Tuttavia, per toglierci la tranquillità, il nostro intuito ci rivelava che oltre quella frontiera c'era il segreto di tutto ciò che avrebbero potuto significare i pantaloni lunghi, i baffi, il vagheggiato desiderio di diventare uomini.

Orfano da un paio d'anni, ero stato accolto da una coppia di zii senza figli. Malgrado fossero eccessivamente bruschi, scontrosi e attaccati a norme ammuffite in cui l'affetto non aveva posto, all'inizio ricevetti il calore che chiedono i bambini senza genitori: l'imprevisto di avere un moccioso giocherellone addolcì le loro rigide abitudini. Ma ben presto quel loro modo di plasmarmi come una verità eterna venne ristabilito nella severa casa, per far sì che lo spazio concesso alla mia infanzia fosse stretto e assurdo, e che un telo nero velasse ogni segno della vita che molti messicani là fuori stavano trasformando, nel costruire un'epoca inedita che in casa veniva definita «barbarie da poveracci».

Dovetti imparare a rispettare un mucchio di regole: non entrare mai, salvo un'autorizzazione speciale, nella misteriosa sala sempre buia, nell'inutile biblioteca o nella funebre sala da pranzo, che si animava soltanto per le rare visite di un ospite importante; non calpestare i pavimenti tirati a lucido, il cui splendore era apprezzato dalla zia più di qualsiasi mio sorriso; non entrare mai in casa dalla porta principale, non saltare i gradini né scivolare lungo l'eccitante ringhiera delle scale; non gettare mai niente per terra, non toccare le pesanti tende né sedermi sulle vetuste poltrone; non coricarmi sui tappeti né, la cosa peggiore, sfogliare gli affascinanti volumi che, come amici complici, mi invitavano a evadere, suggerendo mondi dove si era liberi di saltare, giocare, gridare e conoscere le cose più proibite e desiderate.

Un'infelice topografia mi impediva di conquistare un angolino qualsiasi dove poter divorare impunemente un libro catturato grazie a un'astuta strategia, o dove sognare avventure gloriose, o fare tutto quello che può fare un bambino solitario di undici anni. Lo sguardo vigile, imperioso, della zia si preoccupava soprattutto di conservare incolume il suo dominio, l'immobilità perpetua dei suoi mobili nel posto in cui li aveva messi. Il suo cocciuto pregiudizio, secondo cui io avrei fatalmente rovinato qualcosa, faceva sì che fosse sempre attenta a non permettere che, riducendo i suoi confini, mi guadagnassi un pezzo di quell'impero del quale, come ogni regina, era padrona assoluta ed egoista.

Un giorno la famiglia crebbe: dalla regione del nord, spinti dall'ondata rivoluzionaria che sommergeva il paese, arrivarono in casa un altro zio e suo figlio, che aveva quasi la mia età. Finché la novità non degenera in abitudine, la felicità di parenti che si ritrovano dopo una lunga separazione e riallacciano le loro vite, fino al giorno prima slegate, agli antipodi, per fonderle nelle stesse speranze, nelle stesse preoccupazioni, crea in casa ore placide e cordiali. L'amicizia con mio cugino e le favolose chiacchierate su quello che lui sapeva di terre a me ignote, e su quello che io gli inventavo riguardo all'isola in cui ero prigioniero – isola che per necessità chiamavo continente –, mi fecero credere che questa insolita comprensione degli zii, la loro affabilità e gli inaspettati permessi di violare il codice vigente in casa sarebbero durati per sempre.

Le cose andarono in un altro modo. L'amarezza degli zii si inaspriva per il fatto che la loro posizione di «famiglia perbene» – sigillo di orgoglio quasi aristocratico durante l'epoca di Porfirio Díaz – ora non avesse credito agli occhi dei «generalucoli, plebei e banditi che trascinano il Messico alla rovina». E quell'amarezza, tipica di coloro che erano rimasti fermi a un passato che simboleggiava la società perfetta, ci rattristava l'infanzia, perché i nostri mentori ci trasmettevano la loro mancanza di fede nella vita che ci sarebbe toccato vivere. Inoltre, la perdita dei patrimoni familiari, strappati via nel caos della guerra civile, ravvivava negli zii un rancore implacabile verso il nuovo stato delle cose e verso quelli che li avevano derubati del «loro mondo». E ci facevano condividere questo rancore, inculcandoci una coscienza da risentiti.

E poi, il colpo più duro per me: Rafael, il cugino che avevo immaginato come un compagno con cui avrei diviso il pane e il sale di quel poco che mi fornivano, era un ragazzo sveglio, vivace, e mi soffiò i pochissimi privilegi che avevo ottenuto dopo aver messo in atto una precoce diplomazia, e che lui, approfittando della sua infermità e della proibizione del medico di sgridarlo, trasformò nell'odiosa regalia del bambino viziato. Tutte le coccole, tutte le attenzioni, tutti i passaporti per gironzolare a suo piacimento nelle zone che a me erano vietate, tutte le immunità per compiere monellerie, tutti i permessi di violare come gli faceva comodo una legge a cui io dovevo continuare a sottostare, mi crearono un deplorevole complesso: quello dell'«ospite». La mia sensibilità ferita, la mia eccessiva affettuosità che non riceveva risposta, mi fecero supporre di non essere amato, dato che mi veniva imposto uno straziante e permanente stato di ingiustizia.

Fu allora che mi venne l'impulso di scappare. Che divenne una necessità improcrastinabile quando, in modo del tutto innocente, feci qualcosa che quelli di casa giudicarono un comportamento ipocrita. Malgrado la tenera età, una peluria fitta mi scuriva le guance. Dopo aver spiato – la macchinetta per rasarsi era sempre in vista nell'armadietto del bagno – com'era facile per i miei zii farsi la barba, concepii l'idea di imitarli. Molto risoluto – e nella mia decisione c'era la speranza che, per una volta, avrei avuto un motivo per ricevere in casa gli elogi e le coccole che mi sarei meritato con un'impresa così singolare –, presi il pennello, mi insaponai la faccia e, proprio come lo avevo visto fare, nel giro di qualche minuto eliminai tutti i fini peluzzi.

Soddisfatto, con l'aria trionfale dello studente di una scuola religiosa convinto che lo avrebbero bocciato e che invece ha avuto ottimi voti agli esami, mi accomodai al mio posto della lunga tavola, proprio nel momento più importante che poteva esserci in casa: il pranzo.

Non dissi niente. Di fronte a Rafael, sorrisi con aria di superiorità, un sorriso vendicativo, voluttuoso, che lo incuriosì perché soltanto lui, l'accaparratore delle prebende familiari, poteva permettersi quell'espressione. Ben presto, con sguardi sagaci, ne scoprì il motivo. E con la certezza di rovinarmi annunciò in tono accusatorio: «Zia, guarda, Alberto si è fatto la barba!»

Tutti gli occhi si concentrarono sulla mia faccia. Non stavo nella pelle dalla contentezza, che debordava, senza che lo volessi, dagli occhi e dalle espressioni. E quando mi aspettavo complimenti entusiastici, qualcosa come un bel «ecco la prova che Alberto è un ragazzo in gamba», la voce tagliente, furibonda della zia – il sorriso mi era già sfuggito per trasferirsi sulle labbra beffarde di Rafael – gelò la mia euforia con un irrefutabile: «Alzati subito da tavola. Resterai senza mangiare...»

E giustificò il castigo con un commento scandalizzato: «Dio mio, quanto sono cambiate le cose! Adesso i bambini vogliono diventare uomini prima del tempo! Questa epoca di perdizione li induce alla malizia troppo presto».

«È la malefica influenza di questo governo di eretici che siamo costretti a subire. Non c'è più rispetto, decenza, niente. Tutto è finito con don Porfirio».

«Bisogna dare una bella lezione a Beto», intervenne un altro zio, «perché ha cattive idee ed è una gattamorta. L'altro giorno l'ho scoperto mentre leggeva un libro immondo. Vuole bruciare le tappe, e questo è pericoloso».

Umiliato, me ne andai portandomi dietro la mia amara sconfitta e assaporando il gusto acido del ribellismo impotente. Ogni palpito del cuore era una protesta contro coloro che non erano capaci di comprendermi. Era l'ennesima riprova che non mi volevano bene. Dovevo scappare una volta per tutte...

Andarmene di casa? Sì, oltrepassare il limite proibito dell'angolo di strada, rischiare di essere rapito da quelli che sequestravano i bambini per sfigurarli, in modo che non potessero più essere identificati. Cosa me ne importava! Cosa poteva esserci di peggio del fatto che in casa non mi volessero bene, che non mi dessero l'affetto richiesto dalla mia sete d'amore? Sì, dovevo andarmene. Forse il mio destino era nella Chiesa, morire per Dio, adesso che perseguitavano i cattolici e si poteva diventare santi. Avrei pregato Gesù Bambino perché, quando mi fossi presentato davanti all'altare, la cupola della chiesa mi crollasse in testa e morissi in grazia di Dio. Così me ne sarei andato dritto in cielo e a casa avrebbero dovuto tenermi in conto. Cazzo, però non sarei mai più tornato a Chapultepec, non avrei più giocato ad acchiapparella o alle biglie, e non mi avrebbero più portato ai cavallucci dell'Alameda! Era meglio andare dal padrone del circo Beas e dirgli che mi prendesse nella sua compagnia. Sarei diventato un acrobata, anzi, per non rompermi le giunture, avrei imparato a domare i leoni. E un giorno, di ritorno dopo molti anni, quelli di casa avrebbero assistito a uno spettacolo circense e, scoprendo che il coraggioso domatore dei feroci leoni ero proprio io, e vedendo come mi applaudiva il pubblico, si sarebbero meravigliati della mia fama, pentendosi di non avermi voluto bene. Allora sarebbero stati buoni e non si sarebbero stancati di chiedermi di tornare con loro, promettendomi che in casa avrei potuto fare quello che più mi piaceva, scivolare giù a cavalcioni dalla ringhiera delle scale e leggere i libri prima proibiti.

Ero immerso in queste fantasticherie, nell'angolino più lontano, quando Rafael si avvicinò per infastidirmi con risolini e gesti. Mi fece infuriare. Mostrandogli un pugno, lo minacciai: «Vedrai, te le suonerò!»

Indietreggiava, ma desiderava vedermi ancora più triste e continuò a provocarmi: «Bella figura, quello che voleva vantarsi della sua barba!»

Mi gettai contro di lui, furibondo. Ma prima che le mie mani lo toccassero, fuggì lanciando urla strazianti.

«Papà, zia, Beto mi ha picchiato!»

Ai suoi piagnucolii e alle sue lamentele, che suonavano convincenti come se lo avessi malmenato selvaggiamente, suo padre – che amava ciecamente Rafael – si avvicinò e in un impeto di collera mi rifilò due manate che mi fecero cadere.

«Sei un prepotente», mi sgridò indignato. «Picchiare Rafael... Tu sei più grande e poi sai che è malato».

Sentii altre esclamazioni di rimprovero contro di me e parole consolatorie rivolte a Rafael. Non potevo sopportare oltre. Era il momento di fuggire, di abbandonare per sempre quel mondo ostile, intollerante, nel quale una poltrona, una tenda, erano considerati più importanti della mia disagiata infanzia. Calmo, in preda a una strana emozione, mi alzai standо attento a ogni rumore e me la svignai silenziosamente fino a ritrovarmi in strada.

In un attimo arrivai all'angolo, il punto stabilito come confine della nostra curiosità. Con la disperazione di un naufrago che si lancia verso una spiaggia lontana, oltrepassai la frontiera fino ad allora inviolata e per la prima volta nella mia vita, da solo, con i miei undici anni segnati dal dolore – quel vecchio cieco e crudele che conosce l'amara scienza di anticipare l'età –, mi avviai verso la dolorosa avventura di diventare santo o domatore di leoni.

Quanto più mi allontanavo, più la strada si allungava e le case sembravano crescere. Cosa vedevo? Non lo splendore di quel pomeriggio autunnale, dorato, che si stiracchiava sotto una brezza leggera e diafana. Ora il mio desiderio di esplorare quel mondo sconosciuto – dove vivevano altri uomini e altri bambini le cui vite ero ansioso di scoprire, ragazze che ero pronto ad amare, simili alle principesse delle favole che leggevo – si spegneva per l'incertezza sulla direzione che avrebbero preso i miei passi...

Avevo percorso a zigzag solo alcuni isolati quando la mia attenzione fu abbagliata da uno spettacolo insolito: davanti a un'osteria alcuni uomini stavano gonfiando un pallone di carta. Pronunciando parolacce che noi non potevamo ripetere e ridendo allegri, quegli uomini, come se fossero ragazzi – salvo per i volti duri e gli occhi arrossati –, aiutandosi l'un l'altro di buona lena, stavano preparando il viaggio di un'appariscente mongolfiera, avvolta in carte cinesi multicolori e adorna di bandierine messicane. La scena mi affascinò. Se c'erano cose talmente straordinarie da vedere, era davvero meraviglioso andarsene liberi per strada.

In un attimo mi dimenticai di tutto per immergermi nella contemplazione della mongolfiera patriottica che, tremante per il fumo sprigionato dalla stoppa accesa sotto la sua pancia, sembrava ansiosa di salire e faceva volteggiare i festoni di carta – rossi, bianchi e verdi – confezionati da mani amorevoli. Cominciai a sognare, come avevo visto in certe illustrazioni, di salire a bordo dell'aerostato fino in alto, molto in alto, là dove Dio, nonostante le mie preghiere, non era stato capace di darmi una bella infanzia. Lassù, volando nel cielo limpido, avrei potuto vedere da nord a sud, da ovest a est, la grande città che imparavo ad amare da solo e sentirmene padrone, una cosa che non mi insegnavano.

La mongolfiera chiedeva già di essere liberata, gonfia di fumo, e in un momento di distrazione dell'uomo che la teneva, come un tipo grasso e ubriaco che dondolasse da una parte all'altra, fuggì via, per abbandonare la strada e le case e inoltrarsi nel cielo, lasciando la scia ottica dei colori messicani.

Assorto nel seguirla, con gli occhi fissi sul suo corpo panciuto, indifferente a tutto il resto, non indovinai subito di chi potesse essere la mano che mi afferrò rudemente per un orecchio. Tornai a terra sussultando e quando girai la testa incrociai lo sguardo infausto, accusatore, di uno dei miei zii che, arcigno, quasi l'effigie dei presagi più neri, mi indicava categoricamente la strada di casa. Desiderai più che mai, se non di essere inghiottito dalla terra, che accadesse un miracolo e qualcuno mi portasse fin sulla mongolfiera, lasciando che mi perdessi insieme a lei. Tutta la mia decisione, la mia meditata decisione di fuggire, crollò facendomi sentire ancora più piccolo. Con un sordo: «Andiamo!», mio zio mi spintonò e mi costrinse a seguirlo.

Ben presto – anche il mio cuore sembrava un pallone desideroso di fuggire – percorremmo gli isolati che la mia disperazione aveva attraversato in cerca di un nuovo destino, e finii per sentirmi un'altra volta lo stesso pargolo a cui era vietato andare oltre l'angolo limite. Fui invaso da un grande timore nell'immaginare che, più grave di essermi fatto la barba, sarebbe stato l'aver violato la regola inflessibile di non superare la linea proibita, e che questo avrebbe avuto conseguenze terribili per me.

Mentre seguivo lo zio, sentii che il mondo mi crollava addosso. E ancor più mi allarmai scorgendo da lontano un insolito movimento di persone davanti alla casa. Nell'avvicinarmi vidi che si trattava dei vicini, i padri e le madri dei miei amici, che erano lì pure loro, tutti in atteggiamento di attesa. Anche le domestiche – ormai eravamo quasi arrivati – facevano cerchio con il gruppo, e tutti esibivano volti ansiosi.

«Ti abbiamo cercato tutti, Beto, si diceva che ti avevano rapito i ladri di bambini».

Rimasi sbalordito. Possibile che io potessi provocare quella preoccupazione, quell'interesse? Che avessero dato tanta importanza alla mia scomparsa? Che perfino i vicini di casa partecipassero alla spasmodica attesa del bambino smarrito? Una soave, dolce, confortante calma si impadronì del mio cuore agitato e sconvolto: mi volevano bene!

E pensare che sarei potuto andare più lontano, dove non mi avrebbero trovato, e che i ladri di bambini avrebbero potuto sequestrarmi perché non avevo avuto la notizia inebriante che ero amato! Potevo dare libero sfogo alla mia affettuosità: la zia mi avrebbe atteso a braccia aperte, pronta a stringermi in grembo – come non aveva mai fatto prima – e a darmi baci materni che io desideravo ricevere per essere il più felice dei bambini.

Passai in mezzo al cerchio di adulti e ragazzi, sonnambulo di gioia, sentendo a malapena le loro esclamazioni: «Signor Pepe, dove l'ha trovato?»

«Santissima Vergine Maria, grazie a Dio che non è andato più lontano!»

«Avete visto, ragazzi? Che non vi venga in mente di allontanarvi».

E poi, rivolgendosi a me, con una spinta severa e insieme affettuosa: «Entra, ragazzo, vai a tranquillizzare tua zia. Quella poveretta per poco non impazzisce all'idea che ti avevano sequestrato...»

Tremante, affranto, contento, colpevole, soddisfatto, entrai in casa. Rafael mi precedette urlando la buona notizia.

«Ziiietta, ziiietta, c'è Alberto. Zio, è tornato Beto!»

Nel suo letto, la zia soffocava tra i singhiozzi. Come un criminale – consapevole di essere la causa di quel dolore – mi avvicinai con la sensazione che le parole mi si incollassero alla gola, che il cuore mi battesse forte nel petto, e non ebbi il coraggio di far altro che gettarmi fra le sue braccia.

Lei sollevò la faccia e appena mi vide la sua aria afflitta si trasformò in un atteggiamento burrascoso. Mettendosi a braccia conserte mi fermò bruscamente: «Dannato ragazzo!», urlò, «sai quanto sono delicata di salute e mi fai passare questi brutti momenti. Ti darò una bella lezione, così ti passerà la voglia di andartene a spasso. Adesso vedrai...»

IL PRETESTO

Dell'omino spiccavano gli occhi incalzanti, maliziosi, che a volte però battevano le ciglia con scettica malinconia. Un vestito stretto, corto - sul colore originale c'erano macchie di lucido da scarpe e di grasso -, si adattava alla secca magrezza del suo proprietario, sul volto del quale brillava soltanto il naso, di un bel rosso vivo.

«È un ubriacone impenitente», mi avvertì Gonzalitos. «Qui è stato funzionario di secondo livello e l'hanno cacciato perché si prendeva certe sbronze che gli duravano settimane».

L'omino - che era tale per la bassa statura - parlava con rispettosa solennità, con una cortesia da impresario di pompe funebri.

Mi si avvicinò gettando su di me il vantaggio della sua età. Con l'aria misteriosa di chi tratterà un affare importante.

«Mi scusi, giovanotto. Lei ha la faccia di una persona comprensiva. Ah, la giovinezza! Ne abbia cura, lei è un bravo ragazzo, ha tutta la vita davanti...»

Sembrava che dovesse rivelarmi una verità eterna! Fregandosi le mani come se avesse freddo, come se organizzasse le idee mentre giocava a intrecciare le lunghe dita, cercava di appoggiare il petto su un invisibile supporto, avvolgendomi.

«Guardi me, vecchio, finito, ormai senza forze per guadagnarmi da vivere. Ah, beati voi giovani, che non avete problemi! Voi...»

Tossicchiò, per schiarire il tono stridulo in cui stava per dissolversi la sua voce suadente.

«Lei mi vede così, povero, senza lavoro, ma la mia pena più amara non è questa. Se fossi solo, che me ne importerebbe! Ho la mia mammina malata, che soffre di un male incurabile. Cosa non farebbe un figlio, per quanto disgraziato, per cercare di alleviare le sofferenze di chi gli ha dato la vita! La sua mammina è ancora viva? Ah, l'unica cosa pura, l'unica cosa santa di questa vita! Come potrei non mettere da parte la mia dignità? È molto duro vederla soffrire e non avere i soldi per comprarle le sue medicine. Guardi, ho qui le ricette. Lei è buono, giovanotto. Lei mi capisce. Soltanto cinque pesos. Farà un grande bene. Dirò alla mamma di pregare per lei... Grazie, Dio ricompenserà la sua buona azione! E le diranno che mi servono per bere. Lei crede che sarei capace di sprecarli in un'osteria? Sì, è vero che bevo, ma per disperazione. Non con questi, parola mia. Non creda a quello che possono dirle. La sua buona azione dev'essere libera da qualsiasi dubbio. Grazie, giovane amico, grazie!»

Oltre alle parole di gratitudine e alle effusioni con cui

voleva confondermi, mi si avvicinò con il viso avvolto nei vapori alcolici e guardandomi con occhi lacrimosi, tristi, che sprigionavano strane scintille, mi strinse a lungo la mano.

«Non glieli potrò mai restituire. Lei capisce: medicine per l'essere più bello del mondo. Grazie, dirò alla mamma di pregare per lei!»

Gonzalitos, sorridendo beffardo, mi bloccò nell'angolo in cui l'omino mi aveva spinto poco a poco.

«Ah, che amico ho! Lei si è lasciato infinocchiare. Ma quale madre! Quello vuole bere. Quanto le è costato?»

Mi seccava che un gesto generoso si trasformasse in un'ingenuità. Non risposi, pensando al tono di profonda verità usato dall'omino nel parlare della madre. Per questo mi infastidì la pacca compassionevole che mi riservò Gonzalitos. Io ero contento di aver dato i soldi a quel pover'uomo supplicante. Quando si dà, ci si sente buoni, più grandi, è come alleggerirsi di cose meschine. E mi irritava fare la figura dello scemo, della vittima di un grossolano inganno, trasformando così un piacere intimo in un imbarazzante errore.

La pacca sulla spalla fu infallibile nell'insinuarmi il dubbio e nel dissolvere la mia buona disposizione d'animo. Magari quel tale era davvero un cinico ubriacone che cercava di procurarsi qualche soldo per il suo vizio, e tutto il suo racconto della madre non era altro che un'invenzione ben congegnata. La mia generosità diventava una seccatura. L'imminenza del ridicolo mise le ali al mio egoismo e mi ripromisi di non lasciarmi più intenerire tanto facilmente.

Fu due o tre giorni dopo, mentre aspettavo il tram, che d'un tratto vidi l'omino attraversare la strada barcollando, senza calcolare il rischio di essere investito da un veicolo: lo sguardo fisso, una falda della camicia fuori dai pantaloni e il cappello sulle ventitré, riusciva sorprendentemente a mantenersi in equilibrio.

Cercai di schivarlo, ma lui, come se sentisse le mia presenza, cavandosela con gli zigzag che gli dettavano le gambe, si diresse verso di me. Non sapevo se salutarlo o ignorarlo, preoccupato che qualcuno mi sorprendesse in sua compagnia. Lasciandosi andare un po' in avanti, dapprima piegato, si piazzò davanti a me, poi alzò la testa, come un uccello che la scuote per avvitarla saldamente sulla sua base instabile, e mi salutò con voce roca.

«Venga, andiamo a farci un goccio! Lei è mio amico... un amico del cuore. È una brava persona, nobile. Lei vale molto...»

Diverse persone mi osservavano, e io, molto imbarazzato, ormai vicino al tram, buttai lì un inintelligibile: «Grazie, non posso, ho una gran fretta, salve», e salii in vettura costretto alla fuga. Dal finestrino lo evitai mentre mi spiava, molto serio, molto deluso, con un'espressione di rimprovero per il mio brusco sgarbo. L'omino aveva la strana virtù di turbarmi. Cominciai a provare dei rimorsi per averlo scaricato così. Magari quel poveretto, come mi aveva giurato, beveva per disperazione. Non è cosa da poco avere la madre malata e neanche un soldo per le sue medicine. Pentito, per poco un impulso non mi costrinse a tornare indietro per chiedergli scusa.

Non erano passati due giorni quando mi abbordò mentre uscivo dall'ufficio, molto circospetto e dignitoso. Mi salutò senza lasciar trapelare che era successo qualcosa tra noi e come se avesse l'ovvio diritto di chiedermi un nuovo favore.

«Giovanotto, le devo una spiegazione. Non intendo mentirle. Le giuro che non ho bevuto con i suoi soldi. No, perdio! Non sarei capace di una cosa del genere, nonostante la mia situazione. Mia madre continua a star male, molto male. Le ho comprato le medicine e adesso devo procurargliene delle altre. Muore, giovanotto. Guardi...»

Tirò fuori dalla borsa una serie di vecchi documenti. Frugò tra quelli finché trovò una ricetta che srotolò con estrema cautela.

«Se non mi procuro questo, mi muore. Mia madre, giovanotto, mia madre. È una cosa molto grave, lo ha detto il medico. Lei non può deludermi. Lei, nei cui occhi vedo la nobiltà, la bontà. Soltanto altri cinque pesos. Ne va della vita di un essere sacro».

Sembrava così afflitto! Continuava a guardarmi sperando nella mia comprensione, e c'era una serietà ansiosa nella sua piccola statura che lui accresceva alzando la testa a più non posso, con le dita intrecciate, in attesa, e alla sua inferiorità nel chiedere faceva da contrappeso la fiducia di meritare.

Cercai di difendermi, esitando fra la compassione e l'incredulità, lottando con me stesso per capire fino a che punto fingesse o no, momentaneamente convinto della sua sincerità dal calore della sua parlantina e allo stesso tempo diffidente per le testimonianze raccolte contro di lui, e perché ricordavo di averlo visto molto ubriaco.

«Penso di avere pochissimi soldi con me. Magari domani...»

Colsi nei suoi occhi un lampo di biasimo, uno sguardo accusatore: sapeva che gli stavo mentendo e non credeva alla mia bugia. Non potei far altro che dargli il denaro, e mi sentii come se avessi cercato di sottrargli ciò che gli apparteneva. Lo prese con la massima dignità, e questa volta la sua gratitudine si manifestò con una fredda cortesia, quasi volesse ripagarmi maliziosamente della mia falsità.

Quando se ne andò, sentii alle mie spalle la risata sarcastica e indiscreta di Gonzalitos, che mi rifilò un'altra pacca beffarda, più forte della prima.

«Lei non può farci niente: si lascia abbindolare come un bambino. Ah, che amico ho! Comincia a venirmi voglia di chiederle un prestito, raccontandole una storia come quella che le hanno imbastito».

Mi venne voglia di picchiarlo. Lo scherzo mi sembrò ingiurioso, ed essere scoperto recidivo mi suscitò un indispettito fastidio. Gonzalitos non si accorse della mia irritazione e continuò con la sua solfa, di cattivo gusto, davanti alle persone che ci ascoltavano.

«Non butti via così il suo denaro, che guadagnarlo costa fatica. O forse lei non ha obblighi? Impari a conoscere le persone, si svegli. Non sia sciocco, amico mio, non si lasci ingannare così, sennò un giorno o l'altro le toglieranno anche la camicia».

Tutto questo detto in un tono da presa in giro, confondendo i miei sentimenti, che poco prima si erano esaltati perché avevo la certezza di fare del bene a un pover'uomo, che sarà anche stato un disgraziato, ma nella sua disgrazia era mosso dal benevolo desiderio di aiutare la madre.

La cosa peggiore fu che Gonzalitos lo raccontò a tutti in ufficio, per dargli l'occasione di ridere e scherzare alle mie spalle, e incoraggiò qualche impiegato a fare la farsa di chiedere soldi con i racconti più esagerati, e da quel momento cominciarono a battezzarmi il Generoso. Passai delle brutte giornate, pieno di sorda irritazione, arrabbiato con me stesso, pentito di aver dato per la seconda volta i cinque pesos e ricordando con odio l'omino per colpa del quale facevo la parte dell'ingenuo ridicolo ed ero il bersaglio diretto delle canzonature.

Stavo quasi dimenticando l'incidente, ma non dentro di me, dove continuavo a rimuginare la mia figuraccia, quando pochi giorni dopo ricomparve l'omino, questa volta apparentemente sopraffatto da uno shock doloroso. Esibiva un cordoglio così reale che a proclamarlo erano il deperimento del suo aspetto, completamente prostrato, incapace perfino di quella malizia che a volte sprizzava dalle sue occhiate, e lo stanco oblio delle mani, in stato di abbandono, senza una briciola dell'energia con cui se le sfregava durante le precedenti suppliche. E la testa china, come un peso morto. Oppresso dall'angoscia, più piccolo e indifeso. Così si piazzò davanti a me, per un lungo momento, senza dire nulla.

Malgrado le mie riserve, rimasi impressionato. Il ricordo degli scherni svaniva di fronte alla sua espressione sconfitta. Dolcemente, come se facesse sforzi per non piangere, mi raccontò il suo dramma: «È morta, giovanotto. Ce l'ho lì distesa... Tutta sola. Non ho nessuno che mi faccia compagnia. Non ho soldi per seppellirla. Vuole venire con me?»

Le parole dell'omino non lasciavano dubbi sul fatto che dicesse la verità. Guardai Gonzalitos, serio, che si era avvicinato per assistere alla scena. Avevo ragione io. I suoi scherzi erano ingiustificati, riprovevoli. Forte della mia nuova superiorità, e abbastanza tranquillo dentro di me perché sentivo di essermi salvato da una figuraccia, gli lanciai un'occhiata vendicativa, mentre mi accingevo a seguire l'omino.

«Vengo anch'io con lei», disse Gonzalitos per tutta risposta, con l'intento di rimediare all'errore.

Andammo tutti e tre nel posto in cui viveva l'uomo in lutto, una stanzetta nascosta in un miserevole sobborgo, in fondo al cortiletto sul retro di un'abitazione immonda. Una repellente, sconsolante miseria carica di mosche e di cattivi odori. Su una stuoia, avvolto in una coperta lurida, il cadavere, vegliato da un modestissimo cero giallo. L'unico mormorio di vita era un paio di umili donne imbacuccate e senza volto – dolore? rassegnazione? fatalismo all'ombra dello scialle che nascondeva i loro occhi? – in ginocchio che pregavano per la defunta, senza convinzione, all'infinito, mostrando sotto le sottane le piante sudice, piene di calli, di piedi dalla pelle screpolata e spessa. Da una finestrella senza vetri filtrava il silenzio del cortile, che scendeva come un filo di tristezza. E la finestrella inquadrava laggiù in fondo un marmocchio nudo, denutrito, con gli occhi persi, che sembrava messo lì a lasciar passare la vita impunemente.

L'omino, che si era definitivamente arreso, non aveva neanche avuto il coraggio di dare un suono al suo dolore. Taciturno, ci aveva guidato verso il suo dramma. E fu allora che, in un violento crollo dei muscoli e dei nervi, singhiozzando in sordina, emanando da ogni poro uno stato di saturazione alcolica, disgraziatamente, quando ormai io e Gonzalitos eravamo commossi e tristi e ci sentivamo miserabili, diede libero sfogo alla sua pena: «E adesso che farò? Chi mi darà i soldi per bere, se non potrò più chiederli per le sue medicine?»

E c'era tanta disperazione nelle sue parole, che sembrava piangere davvero per la perdita della madre o della sua stessa vita.

SI RICHIEDE UNA FATA

Sì, ho già trentaquattro anni. Ormai mi trovo al punto in cui l'età si confonde per gli altri. Per sé stessi. Il sangue è fluito instancabilmente nelle mie vene, e a volte io sono fluito faticosamente nelle vene della vita. Molte cose sono rimaste lungo il cammino. Ma altre dapprima ignorate possono apparire. Ci sono già stati altri momenti in cui mi sono sentito perso, come se fossi morto. Dal poco che so e dal molto che conosco, capisco che per il seme umano che si getta nel terreno non c'è un tempo preciso per dare frutti. La cosa importante è che non un solo uomo vada perduto, che nessuna vita sia di troppo. L'universo interiore di ciascuno di noi possiede riserve quasi inesauribili. L'altro universo, quello che sta fuori, è prodigioso. Potrà finire per me, per te, ma continuerà a esistere per tutti gli altri. E se siamo stati capaci di essere uomini, continuerà ad abitare in noi, anche molto tempo dopo che crediamo sia tutto finito. Adesso però voglio parlare dei miei desideri. Fisserò lo sguardo su quelli che mi avvilupparono in passato, al tempo in cui il mio sogno più accarezzato era riuscire ad avere una fata. Una fata?

Ricorderò quello che mi accadeva tredici anni fa.

Sì, sono uno di quei giovani che hanno potuto raggiungere i ventun anni. Lunghe nottate in caffè di cinesi o in qualche mansarda, il posto più aereo dell'immaginazione. Camminare di notte e scoprire il mondo insieme a un amico. Scoprirlo? No, immaginavamo la vita, gli uomini, le idee, i sentimenti. Altri amici. Il mistico, il comunista, quello che sapeva soltanto picchiare, quello bravo a conquistare le ragazze, il cinico, il poeta. Tutti quei ragazzi erano la mia e la loro giovinezza, come io ero la loro. Tutti soli con la nostra febbre personale, estorcevamo rivelazioni con il sogno e il sangue brioso dei nostri ventun anni. Nessun maestro. Amicizie grandi, fraterne. Impazienza di distruggere, ansia di creare. E questo: ideali. L'impulso: trasformare il mondo. La speranza: fare del Messico un grande paese. L'indigeno. López Velarde. La patria. La borghesia. Il capitalismo. Il Messico. Dubbi. Certezze. Un giovane, due giovani, mille giovani, una generazione. E dentro di noi? Chi può calcolare il caldo impatto della giovinezza? Si vuole tutto, assorbire l'aria, la vita, la fama, l'amore, l'eroismo. Si vorrebbe diventare grandi, arrivare lontano. Essere uomini. Avere un monumento da vivi. Se nostro padre ci avesse domandato, come quando eravamo bambini, «Che cosa vuoi diventare da grande?», avremmo potuto rispondergli con superbia: «Voglio diventare un uomo più alto di te, più alto di chiunque altro».

Ma, e prima? Sei anni prima...

Ricorderò quello che mi accadeva diciannove anni fa.

Sì, compii quindici anni. Ero nella fase della crescita, magro, con la faccia cosparsa di acne e lentiggini. Isolato in una dolorosa timidezza. Leggevo furiosamente. Non avevo mai baciato una ragazza. Vivevo dentro un sogno lancinante, misterioso. Su un altro pianeta. In casa discutevano del mio futuro. «Sarà meglio mandarlo a lavorare, che impari a farsi uomo. Di questi tempi studiare non serve a niente: guarda i figli di Lucita».

Quella notte pregai. Dubitavo già di Dio, ma volevo continuare a credere in Lui. Gli elevai la mia preghiera, disteso a faccia in su, trapassando il soffitto con gli occhi.

«Voglio sprofondare nella terra, Dio. Voglio che mi sia rivelato il mistero della donna. Non voglio che il sangue mi colpisca. Che mi faccia arrossire davanti alle ragazze. Non voglio che i loro sorrisi mi feriscano. Voglio peccare, Dio, senza rimorsi. Arrivare alla rivelazione senza paura, senza angoscia, senza pentimenti. Voglio sapere, provare. Perché mi hanno fatto credere che sia peccato? Se lo desidero tanto, voglio che sia bello, che non mi faccia del male. Che il mistero si trasformi in luce, in gioia. Che tutto ciò che fluisce dentro di me, ciò che mi toglie il sonno e l'appetito, che non mi lascia studiare, che tormenta i miei quindici anni, trovi il suo alveo. Che il mio pensiero non vada mai oltre quello che ignoro. Che possa accoglierlo in modo pulito. Voglio camminare sulla terra, poter guardare le ragazze, poter esprimere le cose che dice il mio silenzio, la mia voce che non sa parlare con loro. Poterle toccare, senza vergogna. Voglio la rivelazione. Voglio che si strappi il velo del segreto. Voglio sprofondare nella terra, Dio, la terra che è primavera, la terra delle ragazze, la terra dove cresce la donna di carne, quella che io non conosco, quella che desidero, quella che amo, che sognano ogni notte la mia anima e il mio istinto, il mio sangue e la mia carne. Dammela, Dio!»

Ma, e prima? Sette anni prima? Ricorderò...

Avevo già otto anni. Leggevo i racconti di Calleja ed ero un cattivo alunno che pativa con l'aritmetica. Un giorno d'inverno mi si avvicinò mio padre, grande, sembrava un signore onnipotente e buono.

«Che cosa chiederai ai Re Magi?», mi domandò.

Avevo già meditato la risposta.

«Voglio che mi portino una fata».

«Una fata?»

«Sì, una fata con la sua bacchetta magica».

Mio padre mi accarezzò la testa sorridendo. Con un tono di voce persuasivo cercò di indirizzarmi: «Non vorresti piuttosto quella bicicletta che hai visto a El Jonuco e che ti è piaciuta tanto?»

«No, papà, la fata mi darà tutte quelle cose».

Mio padre divenne serio.

«Bene», disse mentre mi posava la sua mano paterna sulla spalla, «credo che darai dei grattacapi ai Re Magi. Non sarà facile per loro accontentarti, non sono abituati a portare fate ai bambini. In ogni caso, ti porteranno cose che desideravi avere».

«Voglio soltanto la fata. Ho già un posto dove metterla. E so anche tutto quello che le chiederò quando sarà con me».

Un sorriso curioso spuntò sulle labbra di mio padre. Accarezzandomi i ciuffi ribelli, volle sapere che cosa avrei chiesto alla fata. Non avevo motivo di nascondergliela. Lui era come una casa grande dove potevo vivere sicuro e felice. Una casa nella quale potevo parlare a voce alta. Glielo dissi: «Per prima cosa le chiederò di raccontarmi favole tutti i giorni; di poter arrivare tardi a scuola nei giorni senza sole; di far apparire il mio angelo custode perché giochi con me e i miei amici ad acchiapparella; di non avere più paura del buio; di non essere mai rapito da un ladro di bambini; di farmi conoscere una principessa e di diventare alto come te, un giorno».

Sì, ho già trentaquattro anni. E forse sto ancora aspettando una fata.

SE NE SONO ANDATI TUTTI SU UN ALTRO PIANETA

Ci sono momenti in cui tutto sembra sfuggirci di mano. La giornata è stata come un assegno scoperto. Abbiamo camminato in fretta e d'un tratto ci blocca un dubbio: dove stiamo andando? A quanto pare non lo sappiamo. Una nebbia sconsolante ci avvolge. Crediamo che le insegne luminose e i lampioni non siano stati accesi bene. Supponiamo che il mondo sia troppo grande e che nessuno lo abiti. Un po' come se tutti i suoi abitanti fossero andati a farsi un giro su un altro pianeta. La solitudine ci coglie d'improvviso. Insieme al desiderio impellente di fare qualcosa di indefinibile, bere una tazza di caffè o compiere un'impresa eroica. Invece non è né l'una né l'altra cosa. Cerchiamo dentro noi stessi, ci interroghiamo: cosa sarà? Non indoviniamo la risposta. Si contempla la vita e la si paragona a una farmacia, dove c'è di tutto. Però non abbiamo la ricetta. Non possiamo sapere quale sia la medicina. È il vuoto.

Quella sera, Epigmenio non aveva la ricetta. Era uno di quei giorni in cui i piccoli e improvvisati progetti che tutti facciamo, per avere uno scopo immediato a cui aggrapparci, per sfuggire al vuoto, erano andati a monte. La ragazza che voleva conquistare non si era presentata all'appuntamento. Pur di aspettarla, aveva lasciato passare l'ora per andare al cinema a vedere un film dell'Indio Fernández. Al caffè, il gruppo dei suoi amici si era già dissolto. Così come le grandi calamità si scatenano simultaneamente, quelle minuscole, che assediano gli uomini a una certa ora e pure loro fanno dei danni, si erano scatenate contro Epigmenio. In quel momento si sentiva l'unico abitante della terra.

Una sensazione niente affatto piacevole. Se non si ha tanta immaginazione o se ne ha troppa, la cosa più facile è infilarsi in un'osteria. Epigmenio ha deciso di entrare nella più vicina per bere qualcosa di forte. Davanti al locale, con un piede sul gradino, si è messo a pensare. Aveva perso qualcosa? Gli mancava qualcosa? Quando qualcuno si fa queste domande proprio davanti al bancone di un'osteria, è inevitabile che poi chieda un altro bicchiere. E che vada avanti con un'altra decina. Di norma, al decimo quell'uomo si è inaspettatamente salvato, non si sa per quale miracolo operato dall'alcol. È felice sulla terra e la vede di nuovo popolata dai suoi abitanti, dalle sue speranze, dalle sue gioie. Scopre perfino individui sconosciuti e interessanti. Parla con chiunque, è preso da un insolito affetto per l'oste, tutte le donne si trasformano in facili conquiste amorose. Così sono a volte le pene umane. La cosa grave per Epigmenio è stata che al decimo bicchiere si sentiva più solo. E un uomo che si sente solo dopo aver bevuto dieci bicchieri, e ha già davanti l'undicesimo, è un vero dramma. Il fatto è che quell'uomo è veramente solo.

Epigmenio probabilmente lo ignorava. La solitudine è una rivelazione, come l'orticaria. Si sta benissimo. All'improvviso, un prurito terribile su tutta la pelle. È l'orticaria, scaturita da qualche misteriosa allergia. Così è la solitudine. Non ce la si può neanche immaginare. Si vive e nonostante tutto, si è più o meno felici. Ma basta un minuto, un istante, perché una ragazza non è venuta all'appuntamento, perché non è stato possibile andare al cinema, perché non si è trovato neanche un amico al caffè, ed ecco la solitudine! E com'è inutile grattarsi quando hai l'orticaria, senza riuscire ad alleviarla, così è anche per la solitudine: la svisceri convinto che sia una semplice immaginazione, e invece non fai che esacerbarla. Ormai sarà difficile liberarsene. Epigmenio ha capito: non si sentiva solo, era solo.

La rivelazione, malgrado la nebbia del vino, è stata dolorosa. Per sfuggire al trauma, Epigmenio ha cercato compagnia. Doveva assicurarsi che non era solo al mondo. Credeva di non essere rimasto più di due ore nell'osteria. Ma i banconi delle osterie dimostrano la teoria della relatività: quando è riuscito a decifrare l'orologio, ha calcolato che di ore ne erano trascorse quasi tre. Era mezzanotte passata. A quell'ora, in genere, per un uomo che scopre la propria solitudine dopo undici bicchieri e cerca compagnia c'è un solo posto dove può trovarla: un cabaret. Epigmenio è uscito da La Mundial e si è avviato verso il Waikiki.

C'era già stato altre quattro notti. Quelle volte non perché si fosse sentito solo, ma perché desiderava una ragazza. Lei mi capisce: quelle cose inevitabili che hanno creato le ragazze che frequentano i cabaret per farsi offrire da bere dai clienti. La ragazza a cui Epigmenio aveva rivolto l'invito la prima notte si era rivelata molto piacevole. Piuttosto carina. E poi, capace di dare qualcosa che non ci si deve aspettare: un po' di tenerezza. E aveva mostrato una calda simpatia per Epigmenio. E altre cose che non è il caso di dire perché sarebbero indiscrete.

Epigmenio è arrivato al Waikiki. Lì, se lei non lo sa, ci sono parecchi tavoli e intorno a questi, in attesa di un anfitrione ideale, le ragazze. Le cattive ragazze, come bisogna chiamarle per differenziarle da quelle conosciute come le brave ragazze, si guadagnano da vivere bevendo insieme a quelli che le invitano. Per ogni bicchiere la casa dà loro un gettone. Ogni gettone vale un peso e cinquanta centesimi. (Credo che, rispetto al carovita, si siano rivalutati anche i gettoni.) Più vengono invitate a bere, più gettoni ottengono. E di conseguenza più denaro. A loro fa piacere, naturalmente, che chi offre da bere condivida molte consumazioni. D'altra parte, magari piacciono al cliente, che le invita ad andare a letto con lui. Se alla ragazza non interessa nient'altro che l'affare, accetta di stare con lui per un po'. Se il cliente le piace o si guadagna la sua simpatia, può fermarsi a dormire fino al giorno dopo. Ovvio, se non ha un amico che le faccia i conti in tasca. Esistono molte variabili. Ci sarebbero molte cose da dire in proposito. Se io e lei qualche volta andassimo insieme in uno di quei posti, lì, davanti a un tavolo, potremmo parlare a lungo della faccenda.

Quando Epigmenio è entrato nel cabaret, le cose sono peggiorate. C'era poca gente. Solo qualche coppietta sperduta in mezzo a tanti tavoli. I tavoli si trovano davanti alla pista, dove si balla, tutti con la tovaglia bianca e quattro sedie ben collocate. Epigmenio è andato a sedersi proprio al centro. Da solo. Ha appoggiato il gomito sul tavolo e la faccia sul palmo della mano, cercando di fare in modo che i suoi occhi indovinassero se ciò che avevano davanti fosse un oggetto o una persona. E nel caso fosse stata una persona, se le sue sembianze erano quelle di Sylvia. Sylvia, la ragazza che aveva accettato il suo invito per quattro notti ed era rimasta a dormire con lui fino al giorno dopo. Concentrandosi, la ricordava. La concentrazione è diventata qualcosa di intenso: aveva la certezza che se lei fosse stata lì e avesse accettato un altro invito, lui avrebbe smesso di sentirsi solo. Con la presenza di Sylvia il mondo si sarebbe ripopolato. Ma non riusciva a individuarla tra le sagome sfocate di questa o quella ragazza, i cui contorni, linee e profili non arrivavano ad acquisire, davanti ai suoi occhi resi miopi dall'alcol, un'identità, un nome, una speranza.

L'uomo che gestisce il cabaret e dirige i camerieri come un abile stratega gli si è avvicinato gentilmente per chiedergli che cosa desiderasse. È un signore molto diligente che va e viene, instancabile, controllando che non ci sia una sola tovaglia fuori posto e che le sedie siano al loro posto. Doveva aver immaginato che a Epigmenio fosse successo qualcosa di grave, perché gli ha rivolto la domanda con cordiale simpatia, come se volesse consolarlo. Epigmenio non è riuscito a dirgli che voleva una ragazza, e che questa ragazza doveva essere proprio Sylvia. E che se Sylvia non c'era, lui avrebbe dato qualsiasi cosa per trovarla. E che se non l'avesse trovata sarebbe potuta succedere una catastrofe: che la gente non tornasse più sulla terra. E che allora non avrebbe ordinato un bicchiere, ma una bottiglia. Perciò, Epigmenio non ha potuto dire nulla. L'uomo, dotato di grande esperienza, gli ha consigliato un whisky. Non solo, ha specificato che glielo offriva.

L'orchestra ha attaccato chiassosamente un *danzón*. Quello che dice: «*píntame de colores, para que me digan Supermán*». Le poche coppie che si trovavano nelle cabine laterali – ho dimenticato di dire che lateralmente, incastrate nella parete, c'erano queste cabine aperte – hanno iniziato a ballare, volteggiando sulla pista o uscendone fuori. Secondo il temperamento, chiaro. D'un tratto, come un'apparizione impalpabile, Epigmenio ha scorto il viso di Sylvia sopra la spalla dell'uomo che la stringeva. Anche Sylvia ha visto lui e ha risposto al suo sguardo con un altro indefinibile. Avrebbe potuto voler dire «perché non sei venuto», «perché non mi hai avvisata che saresti venuto», o «per me fa lo stesso che tu sia qui».

Epigmenio si sentiva smarrito. Se Sylvia era con un altro, di sicuro non sarebbe potuta venire da lui. Le piccole calamità continuavano ad accumularsi. Quando la musica è finita, Epigmenio ha visto che Sylvia veniva condotta dal suo cavaliere fino a una cabina. E che quel tipo si sedeva vicinissimo a lei e quasi la baciava nel parlarle, e forse ripeteva le stesse parole che Epigmenio le aveva fatto scivolare nell'orecchio. Non c'erano dubbi: la stava invitando ad andare a letto con lui. E quell'invito, fatto da un altro, era una vera pena. Una pena profonda. Una di quelle pene che in un momento di dissennatezza danno di che parlare.

Epigmenio ha evitato di guardare Sylvia che si alzava. Aveva accettato? L'ha vista arrivare al bancone, visibile dal suo tavolo, dove cambiano i gettoni alle ragazze. Brutto segno: aveva accettato e se andava. Perché le ragazze cambiano i loro gettoni quando se ne vanno. Qualcosa lo opprimeva dentro e gli straziava chissà quale viscera, così Epigmenio ha smesso di guardare Sylvia. Ha fissato lo sguardo sulla pista sentendosi il più infelice degli uomini. Quella disgrazia portava con sé la sensazione che Sylvia fosse molto più carina, con i suoi grandi occhi spalancati e la bocca carnosa, la camicetta bianca piuttosto scollata e i capelli sciolti. Non ha potuto evitarlo: si è ricordato di cose molto intime. Insomma, Epigmenio era sicuro che avrebbe dato qualsiasi cosa pur di averla al suo fianco, che avrebbe fatto di tutto perché andasse via insieme a lui.

Qualcosa l'ha trattenuto. Sì, il tipo che la stava aspettando. Quello che sarebbe andato a letto con lei. C'era di mezzo un accordo che non si poteva più rompere. Sylvia era impegnata. E lui sapeva che quell'impegno è come la garanzia di una cambiale. Comunque, chissà perché, ha pensato: «La solitudine è un deserto. Io sono un cactus in quel deserto».

E ora? Epigmenio ha sentito avvicinarsi una presenza. Molto strano. Sylvia? Sì, Sylvia veniva verso il suo tavolo. Cosa poteva volere? Be', non gli restava altro che fingere, per evitare di commettere un errore. Sylvia gli era già accanto. Senza dire una parola, si è chinata un po' e gli ha dato un bacio sulla guancia. Nient'altro. Poi se n'era andata. Stava uscendo con quel tipo. Epigmenio assaporava il bacio caldo, pieno di tenerezza, infalsificabile. Decisamente, un bacio carico di magia. Il bacio spontaneo di una cattiva ragazza di nome Sylvia. Un bacio che aveva fatto sì che d'un tratto tutte le persone tornassero sulla terra dopo una passeggiata su un altro pianeta. La terra era di nuovo popolata da milioni di uomini, animali e case. Da risate e lacrime. Da tutto quello che è la vita.

LE RADICI IRRITATE

Là nessuno fa domande. Soltanto il padrone, a volte, e solo per lo stretto necessario. Tutto si sa per sentito dire, con mezze parole sussurrate. Non può esserci conversazione. Soffia un vento carico di timori che sparpaglia le cose. Oppure restano lì, come se qualcuno di nascosto gettasse per terra monete che nessuno ha il coraggio di raccogliere. A volte non si guardano neanche gli altri negli occhi, casomai fossero compromettenti. Le orecchie scoppiano di segreti, di scabri mormorii, simili a croste che ci si vorrebbe grattare. Per questo è bello andarsene nel bosco, a dimenticare le indiscrezioni correndo dietro un capriolo ferito. O bere da soli, finché gli occhi chiudono le loro due pesanti porte. E dietro quelle porte uno si riposa, sia pure per un momento, perché poi i sogni si intromettono e svegliano defunti che denunciano tutto, urlando. Mi andava bene che piovesse forte e fitto, perché il rumore attenuava la voglia di parlare. L'acqua parlava, ma le sue parole non erano cattive. La pioggia era un quieto sipario di tranquillità.

Io sono finito a Pochutla, sissignore, per motivi che non è il caso di riferire. Motivi di quelli che ci portano molto lontano e ci costringono a fare di tutto. Ero bravo con i numeri e il padrone mi ha nominato amministratore della piantagione di caffè. Ben presto sono andato in paese con i miei pantaloni nuovi. Non saranno costati più di trentacinque pesos, ma il padrone li faceva pagare cento nel suo negozio. Era un giorno di festa, l'8 dicembre, e c'era parecchia gente con vestiti cari e colorati. Io stavo guardando una ragazza che mi aveva lanciato un'occhiata. Cercavo i suoi occhi e scrutavo le carni sode delle gambe. Era una puledrina di bell'aspetto, per i miei gusti. Mi stavo eccitando, perché mi aveva guardato quasi senza volerlo, frettolosamente, ma come se nella sua fretta mi avesse notato. Ero molto preso da lei, quando sono risuonati degli spari. Eravamo nella stagione del freddo, quando ammazzano più gente. È arrivato qualcuno e mi ha detto: «Sai? Hanno ammazzato tre tipi». L'informazione era sufficiente e sono rimasto in silenzio. Volevo assumere lo stile di quelle parti, ma così, senza fare domande. Adesso ne sapevo di più, e per saperlo mi ero lasciato scappare la ragazza.

Nella piantagione avevo un posto sicuro. Io lavoravo sodo e spiccicavo poche parole. I pistoleri del padrone mi portavano rispetto perché credevano che avessi sulle spalle chissà quanti cadaveri. Probabilmente immaginavano che fossi un fuggiasco e un uomo da temere. Volevano scoprire se il mio elenco di morti era più lungo del loro. Morivano dalla curiosità di saperlo. Cercavano di entrare in confidenza e uno mi domandava: «Quanti ne hai fatti fuori?» Volevano a tutti i costi che mi confidassi per avere di che parlare: «Dai, siamo fra uomini, quante tacche hai marcato?» Io mi limitavo a diventare serio, come a dire che i miei segreti erano solo miei, e loro facevano calcoli, convinti che fossero tante. Io invece sapevo che a uno di loro addebitavano la sua bella decina di cadaveri, e che un altro avrebbe potuto avere il suo cimitero. Anche i conteggi degli altri erano uguali. Ma la mia discrezione bastava a imporre rispetto.

Ho visto il figlio del padrone stuprare una ragazza. Proprio davanti a questi occhi che diventeranno cibo per i vermi, e ho fatto finta di non vedere. L'ha strattonata afferrandola per le trecce e l'ha colpita con la pistola, senza pensarci su. È successo vicino al pozzo, dove il vento aveva sradicato un albero. La ragazza si è difesa come poteva, ma la smania del figlio del padrone era più forte. Tanto che le ha strappato le sottane e le mutande. Poi, quando era svenuta, le ha aperto le gambe e le ha portato via la verginità. E io mi sono messo a pensare alla ragazza di Cuquila, molto inviperito e pieno di brutte idee. Sentivo l'urgenza di possedere la ragazza del paese, ma con le buone. E mi arrabbiavo pensando che il figlio del padrone si sarebbe comportato allo stesso modo anche con lei. Io non avrei mai potuto immaginare tanta mancanza di rispetto. Mi cadeva un altro segreto che portava la sua luce. Ma se il padre della ragazza lo avevano ammazzato quando era andato a protestare, chi cazzo avrebbe parlato?

Sono andato a casa del *poquitero*[1] per fargli firmare il documento. Il padrone mi aveva detto: «Ti darò duecen-

1. Figura di piccolo proprietario terriero sorta dopo la riforma agraria con l'espropriazione dei latifondi. *[n.d.t.]*

to pesos al mese e ne tratterrò cinquanta per il mangiare. Non ti serve altro. Mettiti al lavoro». E io mi ero messo a lavorare. E quello era uno dei miei primi incarichi. Portare a un certo Asunción i soldi che il padrone gli prestava per la semina. Il documento diceva che questo Asunción avrebbe dovuto ripagarlo con trenta quintali di caffè. Bisognava salire in montagna, vicino a dove c'erano delle miniere. Miniere di titanio, che poi trasportavano al porto per le navi dei gringos. Avevo letto in una rivista che quelle erano le miniere con più titanio al mondo.

Mi hanno prestato due ragazzi, perché non conoscevo la strada. E ci siamo messi in viaggio all'alba di una mattina che secerneva un freddo tardivo, strappando una fitta nebbia ed espellendo vapore dalla bocca. Il sentiero si nascondeva fra le brume e noi lo seguivamo come se fosse un filo ingarbugliato. È arrivato il sole a schiarire la montagna e a sgranchirci piacevolmente le ossa. Un dolce calduccio comincia a scacciare il freddo e chissà perché viene voglia di lanciare un grido per sentirne rimbombare l'eco laggiù. O di tirare fuori la pistola per raspare il tronco di qualche albero rachitico. E poco a poco uno diventa contento di sé. Si sente crescere l'uomo in mezzo a quella gustosa libertà.

Siamo scesi per un lungo sentiero che a ogni curva diventava più ripido e d'un tratto siamo arrivati alla casa del *poquitero*. C'erano molti alberi da frutta e odore di terra umida. I polmoni potevano respirare a volontà un'aria così buona. La casa era piccola, con il suo tetto di foglie di palma, e quel tale, Asunción, era sulla porta ad aspettarci, in mezzo ai suoi cani e molto ben messo, con modi da uomo tutto d'un pezzo. Ho capito che era una brava persona e un gran lavoratore. Ma quelli che ancora possedevano della terra lavoravano per conto del padrone. Mi ha accolto con gentilezza e ha ordinato di portare acqua e infuso di melissa. Io volevo solo acqua e i ragazzi il loro cicchetto.

A portare l'acqua e la melissa è stata la ragazza che avevo visto a Cuquila, con le sue gambe sode, con quegli occhi che mi avevano guardato sì e no, e quelle labbra capaci di turbare qualsiasi serenità. Ho bevuto l'acqua con bramosia. Era limpida, come il cielo e la ragazza. Era buona quanto un amore che inizia. Sorseggiavo non solo l'acqua, ma anche il fulgore di quegli occhi e un nome da seminare nella memoria. Il nome di lei, che si chiamava Gertrudis.

Gertrudis era la figlia del *poquitero*, perché così la trattava lui, con un affetto molto speciale. Poi, con calma, quale padrone del posto, ci ha dato il benvenuto.

«Molto piacere di conoscerla. Com'è andato il viaggio?»

«Ce la siamo passata bene».

«Ci farete il piacere di mangiare qualcosa».

«Le daremo disturbo».

«Siete in casa vostra».

«Ci fa un grande favore».

«Scuserete la povertà. Comunque, almeno un piatto di fagioli».

Il *poquitero* ci ha aperto casa sua. Hanno preparato il tavolo nel corridoio. L'odore della cucina ci arrivava allo stomaco e stuzzicava l'appetito. Le donne entravano e uscivano, ma non Gertrudis.

«Il padrone sta bene?»

«Sta. Le manda questi soldi e questo documento da firmare».

«Quanto sono pochi i soldi e molti trenta quintali».

«Vi siete messi d'accordo così».

«Il prezzo del caffè è salito e lo pagano di più. Cosa resterà a noi?»

«Questi sono gli ordini che ho ricevuto».

«Non le farò fare una figuraccia. Ho dato la mia parola. Adesso ci tocca accettare. È necessario».

Mi sono distratto fissando la porta della cucina. Gertrudis doveva essere lì. Ero impaziente che si lasciasse vedere. Mi era rimasta la sete di sorseggiare un'altra volta i suoi sguardi. Avevo bisogno di rivedere la fugacità dei suoi occhi. Lei capisce, ero un uomo solo. E da un po' pensavo che mi sarei sentito molto in gamba se fossi riuscito a farla innamorare. Avrei potuto vivere le mie notti illuminandole con il suo nome, che per me aveva il sapore di una tenera pannocchia. Sarebbero state notti in cui tenere gli occhi aperti in mezzo alle erbe odorose e avrei detto alla ragazza parole che si possono dire soltanto sottovoce.

La porta, finalmente, si è illuminata. Di nascosto, perché il *poquitero* non era un uomo con cui poter scherzare, i miei occhi hanno seguito la ragazza. Lei è entrata con grande discrezione senza ricambiare le occhiate. Io e i ragazzi fingevamo di guardare nei piatti, ma i nostri sguardi erano torce elettriche desiderose di spiare Gertrudis. E io volevo spiare più di tutto i suoi occhi. Quegli occhi della sera a Cuquila in cui avevano ammazzato tre uomini. Perché, se non mi avessero confidato un'altra volta un po' della loro fretta, i miei sentimenti ne sarebbero stati mortificati. Un po' di quel pudore con cui sollevava i piatti, avvicinando le sue braccia coperte di peluzzi. Senza incrociare gli sguardi, come se non ci fosse altro che piatti da raccogliere. E lasciando il suo odore di donna che si era appena lavata, in modo che la stanza si riempisse di frutta. È stato quando stava per rientrare in cucina che mi ha rivolto un'occhiata. Solo per un istante. L'istante che ci mette un uccello per spiccare il volo. Ma per come sono fatto, mi sono sentito contraccambiato.

Sono sceso dalla montagna ed ero una raganella che voleva suonare qualcosa di allegro. Il sole calava come se la sua luce fosse pioggia. A valle, il fiume che portava la sua acqua cantava la mia stessa canzone. Ero abbagliato dallo sguardo di Gertrudis. Come se quello sguardo fosse lì a coprire gli alberi, il fiume, il cielo e i fiori di campo. Pensare a lei mi provocava brividi deliziosi. E d'un tratto il pensiero che avrei potuto averla era un'allucinazione, una difficile speranza irrealizzabile. E se invece immaginavo di sì, perché mi aveva appena guardato, dicendomi delle cose, parole che solo gli occhi sanno esprimere, sentivo il ronzio contento di api che avevano trovato il loro miele. Una soddisfazione troppo grande da poter spiegare.

Sono tornato alla piantagione, alla vita del «ai suoi comandi». A vivere da vicino la legge del padrone. Che cose ho visto! Il padrone comunque ci teneva a distanza. Era un peso che bisognava sopportare. Lui poteva disporre qualsiasi cosa secondo la sua volontà. Tutta quella gente che aveva fatto ammazzare rendeva impossibile dirgli «adesso non esageri», o «non si lasci prendere la mano». Lui aveva diritto a tutto, con buone o cattive ragioni. E le sue ragioni erano sempre cattive: incamerare e far suo ciò che apparteneva ad altri. Lì c'erano i suoi ragazzi, i suoi pistoleri, per mettere a tacere chi avesse sollevato dei dubbi, per far sparire chi avesse disturbato. Sa, si vive così, come se tutto fosse fatto in modo che uno riceva umiliazioni e debba chinare la testa. Quei pochi che si arrischiano ad alzarla, vengono tolti semplicemente di mezzo, e nessuno ha abbastanza fegato per dire almeno «non faccia così, si metta una mano sul cuore». Il padrone è la giustizia, è il giudice, è l'autorità, è tutto. Come se ci avessero messo al mondo per essere suoi schiavi. Se lei si lamenta con l'autorità, l'autorità sta con il padrone. Se va dai militari, stanno con il padrone. Se va in chiesa, il prete sta con il padrone o le chiede di rassegnarsi. Allora china la testa, ed è come se fra tutti l'avessero castrata. Uno vede le ingiustizie, che però poco a poco vengono dimenticate, perché, chi aprirà bocca? Non conta niente portare i pantaloni né essere dei gran bulli. Davanti al padrone, non si è padroni neanche delle proprie scarpe.

È venuto il tempo di raccogliere il caffè e di metterlo a seccare. Mi ero ingegnato a far arrivare una lettera a Gertrudis, una lettera garbata per comunicarle che pensavo molto a lei. E lei aveva risposto al mio messaggio, che un giorno ci saremmo visti in paese, mi avrebbe avvisato. Io contavo i giorni e le notti. Al tramonto, a volte, quando la mia ansia era forte e i miei sogni molto esigenti, risalivo la montagna nella direzione in cui mi spingeva la mia frenesia. Lei sarebbe venuta a sapere che ero io l'uomo che ogni tanto si presentava in quei paraggi. Il *poquitero* avrebbe domandato ai suoi uomini: «Laggiù ho visto un uomo a cavallo, chi potrebbe essere?» E i suoi uomini avrebbero risposto: «Potrebbe essere l'amministratore». E il *poquitero* avrebbe domandato: «Che strada prenderà?» E i suoi uomini avrebbero risposto: «Forse andrà a Cuquila. Oppure a caccia con la torcia elettrica. Comunque l'ha imparata bene la strada per venire da queste parti». Il *poquitero* non avrebbe fatto altre domande, perché io non gli mancavo in alcun modo di rispetto. E Gertrudis avrebbe saputo...

Stavamo già preparando il caffè per portarlo all'essiccatoio. I *poquiteros* ripagavano i prestiti del padrone con sacchi di caffè. E il padrone mi ha mandato a chiamare per darmi istruzioni.

«Vai a trovare il *poquitero* Asunción. Digli che il prezzo del caffè è calato e che mi deve dare cinquanta quintali, invece dei trenta dell'accordo. Porta con te quattro dei ragazzi, sai già quali. Loro sapranno come regolarsi se il tipo fa il furbo. Poi torni qui con i cinquanta quintali. Non tollero che ne manchi uno solo».

Sono andato in cortile a prendere le provviste. Faceva un gran caldo e volevo scrollarmi di dosso un fastidio. Una collera molto bastarda mi stava facendo imbestialire, e mi usciva una voce in cerca di lite. Avrei voluto sputare un mucchio di parolacce, o forse le stavo dicendo. Sarei andato a eseguire gli ordini del padrone e non c'era niente da discutere. Un ragazzino che non era di quelle parti mi si è avvicinato misterioso e mi ha riferito un messaggio.

«Dice la signorina Gertrudis che vuole sapere se lei va a Cuquila».

Il mondo si è riempito di silenzio e ho sentito che mi batteva forte il cuore mentre pronunciavo quel nome, Cuquila. Uno dei cani si è avvicinato per farmi le feste e io sono rimasto immobile, conficcato nella terra dei miei pensieri. Mi sono sentito avvolgere da un vento che portava parole e mormorii in un nome di donna, ed era come se me ne andassi con lui. E pensavo di andarci, ma la legge del padrone mi ha risvegliato. I miei pensieri e il vento se n'erano andati, mi restavano solo gli ordini che avrei dovuto eseguire. Gertrudis e Cuquila erano ormai lontani e non c'era altro da fare che andare a prendere i cinquanta quintali di caffè. Ho tirato un calcio al cane e l'ho visto correre via lamentandosi. Il cane che mi faceva le feste. Ho dato gli ordini come se le mie parole fossero frustate.

Nessuno ha battuto ciglio, perché non era il caso di affrontare la mia furia.

Siamo saliti su per il sentiero e vedevo soltanto il nero della mia violenza. Finché siamo arrivati a casa del *poquitero*, con i muli, i contadini e i pistoleri. Era lì, sulla porta, seduto comodamente, pieno di rispetto, nel posto da uomo che gli spettava, molto sicuro di tutto ciò che aveva intorno. Le braccia nerborute gli pendevano fuori dalla camicia con le maniche arrotolate, e si sono piegate solo un po' quando ci ha visto arrivare con tutto quell'equipaggiamento. Comunque ci guardava senza rendersi conto del motivo per cui eravamo lì, come se fossimo passati a salutarlo, anche se avrebbe dovuto intuire che la compagnia di tutti quei pistoleri del padrone non prometteva niente di buono. E così ha parlato con la sua voce calma: «A cosa dobbiamo la visita? Bisognerà ammazzare una gallina».

Non c'era malizia nelle sue parole. Erano dette con buone intenzioni. Lo avevamo già circondato senza scendere dai cavalli e i ragazzi lo provocavano con occhiate torve, pronti a umiliarlo.

«Ci scuserà, ma il padrone ci manda a prendere i cinquanta quintali che lei gli deve».

«Ci deve essere un errore. Il documento con la sua firma dice che sono trenta».

La voce del *poquitero* era ferma e per niente alterata. Temevo che, se avesse perso la calma, quello sarebbe stato il segnale per far scattare la legge del padrone. Per far estrarre le pistole a innaffiare il suo lutto.

«Il padrone dice che deve scusarlo, ma il prezzo del caffè è calato e lui deve pareggiare i conti».

«Li pareggerà benissimo. Il mio caffè è pregiato e me

lo sta comprando a settantacinque pesos, e si dà il caso che al porto lo pagano seicento».

Era già passato mezzogiorno e il caldo faceva bollire la terra. Grondavamo sudore e l'impazienza s'impennava nelle cattive intenzioni. In quel chiarore poteva esplodere la bastardaggine dei pistoleri. Il *poquitero*, accerchiato, ci ha valutato come chi misura il terreno quando va a seminare.

«Ma guarda un po', non ci posso credere».

«Le converrebbe non discutere. Cinquanta quintali, ha detto il padrone».

«Cosa valgono allora i documenti? Un cazzo!»

La voce del *poquitero* era sul punto di infiammarsi con le parolacce. I suoi occhi lasciavano trapelare che gli scorreva nel corpo una rabbia fortissima che lui si sforzava di contenere. Ha messo un freno al *cazzo!*, esitando brevemente se scagliarci contro la sua ira o se rimangiarsela. E così è rimasto serio, pensando a cosa gli sarebbe convenuto: chinare la testa o accettare la rissa.

«Cerchi di ragionare. Sarà meglio che ci consegni il caffè».

I suoi uomini, silenziosi e accigliati, aspettavano di capire in quale direzione muoversi, a seconda che la decisione fosse un sì o un no. E non c'era da aspettare a lungo. Se non arrivava una parola di rassegnazione, si sarebbe scatenata la violenza.

Riprendere il suo tono di voce tranquillo gli è dovuto costare molti sforzi e una grande risolutezza. Senza fare caso a noi, come se gli fosse scesa la collera, il *poquitero* ha guardato con affetto i suoi e, nascondendogli che era obbligato a farlo, ha detto semplicemente: «Portate i cinquanta quintali. Ci spetterà il guadagno».

I suoi uomini, sollevati dalla preoccupazione, sono corsi a prendere il caffè e, decisamente sconfitti, hanno cominciato a riempire ogni sacco, mentre Asunción Popoca rientrava in casa portandosi dietro la sua umiliazione. I ragazzi mettevano fretta ai contadini con frasi cariche di brutte intenzioni. Io guardavo cadere il caffè nei sacchi e non sapevo se essere soddisfatto perché l'ordine veniva eseguito con le buone, o sentirmi mortificato perché non potevo scappare a Cuquila, dove probabilmente mi stavano aspettando.

Così ci siamo avviati verso la piantagione e io pensavo che l'affronto al *poquitero* non era giusto. Ma non avrei potuto fare niente. E nel sentirmi prigioniero di quella legge che governava la montagna, come uno stallone rinchiuso in un recinto, cominciavo a pensare che la vita vissuta in quel modo era un'ingiustizia. E scoprivo la mia virilità, ma dovevo ammansirla perché capivo che opporre in qualche modo resistenza avrebbe comportato la morte, e che non potevo far altro che sopportare un destino così complicato.

A un certo punto mi si è avvicinato Cipriano Gallegos, il Rosso. Era un pistolero scaltro e temerario. Aveva delle macchie bianche sulla pelle e gli piacevano quei lavori in cui l'incarico consisteva nell'accumulare cadaveri. Ha spronato la sua cavalcatura fino ad affiancare la mia.

«Quel tale, Asunción, se l'è fatta sotto, e questo al padrone non piacerà. Io avevo capito che bisognava lasciarlo pronto per il funerale».

«Non ne vedo la necessità, visto che ci ha consegnato il caffè».

«Ah, che tipo sei! Non hai ancora familiarizzato con lo stile del padrone. Non sai che Asunción ha dei terreni molto buoni per un'altra piantagione di caffè? E io ho intuito che al padrone piacerebbe essere il proprietario di questi paraggi. Adesso vedrai se non ci prova dal lato della ragazza, quella Gertrudis, so che ha dei piani su di lei».

«La ragazza?»

Ma quella ragazza aveva già preso una forma precisa e ho sentito che il Rosso mi aveva messo il dito nella piaga. L'ansia di considerare il gravissimo pericolo che correva Gertrudis mi ha offuscato la vista. Intuivo che dalla piantagione poteva spirare un vento di cattivo augurio per la speranza che nutrivo notte e giorno.

Non sono riuscito a pensare altro perché dai rami dove il sentiero faceva una curva è esplosa una raffica di colpi che ha seminato la morte fra noi. Sono balzato giù, mi sono buttato per terra e ho risposto al fuoco proteggendomi dietro il cavallo del Rosso, già stecchito sopra il suo animale caduto. Stavo soltanto cercando di difendermi e le pallottole si incrociavano in continuazione, perché i nostri avevano scatenato un'intensa sparatoria. I muli si erano spaventati e non potendo uscire dal sentiero, tanto erano fitti gli arbusti, sono andati nella direzione da cui sparavano. E quelli caduti o che potevano proseguire costituivano una protezione.

Chissà quanto tempo è passato e quante pallottole hanno fischiato, ma poi, nel punto da cui avevano voluto impallinarci è calato un silenzio soffocante, come se avessero finito le munizioni. Mi sono trascinato su un bordo del sentiero, per coprirmi con i rami. Piano piano mi sono rialzato e ho fatto qualche passo indietro, pistola in mano, senza sparare per non richiamare l'attenzione. Mi sono imbattuto in due dei ragazzi e in alcuni contadini che mi hanno indicato altri due pistoleri che erano stati liquidati.

Abbiamo fatto un lungo giro infilandoci in mezzo agli alberi per scendere nel posto da cui ci avevano sparato. Non c'era più nessuno. Di sicuro i suoi uomini, nel vederlo morto, se l'erano svignata, perché lì abbiamo scoperto il *poquitero* disteso con un fiore in fronte da cui colavano rivoletti di sangue. Tutto era tranquillo e si muoveva soltanto il riflesso di quel sangue, con cui se ne andava il rispetto che in vita aveva circondato il *poquitero*. Crollato in una posizione innaturale, come un albero tagliato malamente che non avesse voluto cadere. E io, guardandolo, sentivo quel *cazzo!* che si era dovuto rimangiare. E quel *cazzo!* cresceva dentro di me. E non mi sentivo in grado di controllarlo.

Abbiamo seppellito i morti perdendo molto tempo per riunire tutti gli animali che abbiamo potuto. Abbiamo lasciato lì tre dei ragazzi, sepolti, con le loro croci, in modo che le loro donne potessero venire a piangerli. E abbiamo ricominciato a scendere dalla montagna, con grande cautela, casomai ci aspettasse un'altra sparatoria. Non è successo niente e siamo arrivati alla piantagione nel tardo pomeriggio.

Sono andato dal padrone, perché non potevo far altro. La montagna sarebbe stata troppo piccola per andarmene così su due piedi. Lui era lì e l'ho visto con altri occhi, con gli occhi della parolaccia che avevo sulla punta della lingua. Si è messo a guardare i muli con avidità per cercare di capire se avevo portato i cinquanta quintali, e quando ha notato che non c'erano tutti mi ha ordinato in tono arrogante: «Mi dirai cos'è successo».

E io avrei voluto dirgli tutti i misfatti che succedevano per colpa sua, e soprattutto che mi stavano aspettando a Cuquila, ma non riuscivo ancora a dimenticarmi che lui era il padrone e che dovevo essergli sottomesso e portargli rispetto, così ho risposto soltanto: «Ci hanno colto di sorpresa con una sparatoria e tre dei ragazzi a cui lei aveva ordinato di accompagnarmi non sono tornati».

Lui è rimasto un po' a fissarmi con i suoi occhi in piena luce, come se con quelli scagliasse la sua legge. Aveva in mano un bastone da passeggio e dopo avermi osservato è tornato a spiare i muli e i sacchi di caffè, e tutti guardavamo il bastone che stringeva, casomai avesse fatto in qualche modo giustizia. E come se non fosse successo niente, alla fine ha detto: «Li avete seppelliti bene?»

Gli avrei risposto, ma lui non mi ha fatto caso e colpendosi la gamba con il bastone si è voltato e mi ha ordinato in tono offensivo: «Vieni nel mio ufficio che dobbiamo parlare».

Le sue parole mi hanno colpito in modo doloroso. In quel momento mi sono reso conto che la cosa migliore della mia vita era come un brutto sogno imprigionato in una situazione che, se non l'avessi spezzata, mi avrebbe castrato. E mi è montata una rabbia che voleva uscirmi dalle mani, perché non sapevo più come tenermela dentro, e ho cominciato a riempirmi della collera di vecchie parole che si erano ammucchiate sopra quello che ero io. Vecchie parole che mi restituivano la mia statura e molta energia in testa per buttarle fuori tutte senza che nessuno potesse farmi tacere.

E sono andato dietro al padrone e poi non riesco a capire se quello che deve essere successo è stato un sogno o la realtà. Non so più neanche com'è cominciato tutto. Forse all'inizio gli ho detto: «Vede, adesso lei deve dispensarmi dai miei obblighi, perché voglio andarmene». E forse lui ha risposto: «Ti conviene restare. Chi cazzo credi di essere per piantarmi in asso con il lavoro?» E insieme a quell'insulto deve aver aggiunto molte altre offese che non potevo sopportare. E io probabilmente mi sono ricordato il *poquitero*, e Gertrudis, e l'orribile pensiero che la violentassero. E tutto questo e tante altre cose che adesso non ricordo hanno fatto ribollire la mia ira e mi hanno reso padrone della mia virilità. E mi sono uscite le parole che avevo sempre voluto vomitare: «Cazzo per cazzo, anch'io glielo dico, è ora che vada a scoparsi sua madre...»

E gli ho svuotato addosso il caricatore della pistola, e a ogni sparo era come se mi liberassi di tutto ciò che mi faceva male. È stato a quel punto che mi hanno catturato e mi hanno portato a Oaxaca. Il giudice mi ha addossato un mucchio di colpe, e i giornali hanno detto che ero un criminale responsabile di molte morti e di tutte le malefatte dei pistoleri del padrone. E io ero sicuro di non aver ucciso nessun altro che lui. Però mi hanno incriminato, come se lui fosse ancora vivo. Perché ho ucciso lui, ma non la sua legge. E quella legge continua a vivere. Mi hanno rovinato in questo modo mettendosi d'accordo per fregarci se alziamo la testa. Forse a Pochutla continua a spirare quel vento carico di paura che disperde le cose. Forse. Ma lei non crede che un giorno anche gli altri si riempiranno di una rabbia grandissima e alla fine manderanno al diavolo tutto ciò che non gli permette di essere uomini?

UN UOMO CAMMINA

Cosa succederà se muoio domani? Anche se non ho il diritto di fare questa domanda, perché non sono preparato per una cosa del genere – è un dovere dell'uomo prepararsi a non morire –, voglio immaginare cosa lascerà nella vita il vuoto della mia vita. Il mio cervello avrà registrato fuori di sé un'idea che abbia sangue e anima per palpitare da sola? Sarò riuscito a forgiare il ricordo destinato a sopravvivermi?

Ma per pensare alla morte bisogna sapere che si è vivi. Sono vivo? Il mio sangue scorre, i miei occhi vedono, le mie orecchie sentono e il mio cervello pensa. Nutro desideri. Soffro timori. Ho una gran voglia di camminare. Cos'è nato in me? Alcuni hanno varie morti e nascono varie volte. Altri infelici sono sempre morti. Altri ancor più disgraziati non sono mai nati. Per loro ci saranno altri uomini che vivranno sempre e altri che resteranno morti nella vita e nella morte.

Io sono appena nato da una lunga, profonda, dolorosa e bella morte. Non ne parlerò, perché porta un nome di donna. E perché bisogna coprire le macerie. Ancora una volta sono nuovo alla vita. E in questo pomeriggio invernale, in cui l'aria e la luce sono abbondanti e traslucide, mi meraviglia e mi rallegra che le ragazze che rischiarano l'età degli uomini, la strada e il mio sangue, siano belle come devono essere.

La mia età finita cammina per la città tranquillamente, perché so che la vecchiaia dell'universo, della scienza e della vita non mi disturbano né mi pesano in questo bel momento in cui mi basta essere nuovo, un'altra volta giovane con la mia giovinezza perduta, di ritorno dalla lunga, profonda, dolorosa e bella morte.

Sono in preda all'ansia di respirare e di vivere e di camminare e di vedere gente e di toccare con mano che la stessa bontà, che irradia l'universo e accoglie la mia anima, è la stessa bontà che irradia la mia anima e accoglie l'universo. Sono un uomo che cammina e che può penetrare nel nascosto, gioioso, coraggioso, ridente e felice cuore umano quando tutto è nuovo e inizia.

Mi piacciono le case che sembrano imbarcazioni ancorate in salvo dalle tempeste, avvolte da questo inverno dorato. E mi piace che si elevino, un piano sopra l'altro, nell'eroico impulso di tendere verso l'alto, di perforare la solitudine e di unire gli uomini nello stesso luogo, con la mano del muratore, con la mano dell'architetto, con tutte le mani che hanno posato una pietra sopra l'altra, il ferro sopra il ferro.

Mi piacciono le ragazze che passano, anch'esse slanciate, che crescono dentro di me e dentro tutti gli altri uomini. E posso guardarle con occhi limpidi e amarle e godere della loro musica e comprendere l'amore che le circonda e le fa sorridere, in un coro che si confonde con la bellezza di questo pomeriggio che rischiara anche il nascondiglio più buio. E sono orgoglioso degli uomini che le accompagnano o che passano insieme a loro e posso vederle attraverso i loro occhi e capire quanto è umano e assordante l'istinto più urgente, il desiderio più tormentato e quello più smodato di toccarle e di stringerle perché non svaniscano nel passato o nel futuro.

Sento l'emozione e il valore di essere uomo, perché vivo la breve immortalità di questo minuto eterno, perché sono stato capace di viverlo e di appartenergli al di sopra di tutte le miserie, di tutte le debolezze e di tutte le vigliaccherie per essere morto nel nome di una donna o nel mio stesso nome. E perché mi restituisco alla vita senza altro scopo che quello di vivere, senza andare e venire, solo stare qui e camminare.

E posso camminare fermandomi davanti a tutto ciò che è la città e i suoi abitanti. Davanti a tutte queste cose costruite dagli uomini, che sono così mie che non ho bisogno di comprare niente. Posso sentire e capire che appartengo a questo superbo spettacolo senza avvilirmi perché lì, dietro le vetrine, le cose hanno un prezzo ben visibile sulle etichette, o perché vi sono sorrisi femminili che si vendono, o perché quasi tutti gli uomini credono che ogni cosa sia soltanto un semplice e complicato problema di soldi.

Io adesso posso ridere di quelle etichette. Qui sullo splendido viale, dietro una vetrina, sento il calore di un'alcova e vedo l'uomo che la contempla pensando a una donna e prolunga il suo sogno verso quell'abitazione moderna, meccanizzata, con mobili, tappeti, frigorifero, lampade, frullatori, radio e lavatrice, che costa una cifra che lui forse non riuscirebbe a guadagnare in tutta la vita.

E posso vedere qual è il supersogno – gioielli, pellicce, profumi, vestaglie di seta, anelli, quadri, automobili – soppesato da uomini che parlano la lingua del prezzo e non possono neanche concepire la vita gratuita di questo pomeriggio che li avvolge senza che siano capaci di sentirla.

Lì c'è la moltitudine di oggetti che sembrano il destino di ogni vita e che sono stati costruiti in meravigliose fabbriche progettate da inventori, pianificate da ingegneri e allestite da operai, uomini che hanno prestato la loro opera per edificare il ventesimo secolo, di cui sentono padroni gli uomini del prezzo, quelli che vogliono trasformarci nell'uomo-compratore.

Adesso, però, niente di tutto questo mi turba. Sono rinato e so che la vita è di tutti e che tutti dobbiamo viverla e che non dobbiamo accumulare altro che gioia. Che dobbiamo accumulare solo istanti come quello di questo pomeriggio invernale, e l'impulso a camminare, senza altro scopo che quello di vivere.

Che la verità è quella di questo minuto in cui cammino, alla mia età, con mani simili a quelle di milioni di uomini che mi sono state date perché anch'io costruisca una parte di tutto questo e perché stringa le mani degli altri uomini e perché accarezzi una donna e aiuti un bambino a imparare a camminare. La verità è questa e io la sento, perché il mio cervello mi appartiene per capire quanto è meraviglioso e bello che tutto questo esista e che sia stata la mano dell'uomo a poterlo fare.

E che i miei occhi abbiano potuto conservare immagini indimenticabili: la gente che cammina per strada in una giornata di pioggia, un aereo che fa tremare l'aria, la variopinta mongolfiera panoramica, la città quando sorge il sole, un'imbarcazione che scivola sul mare, la festa per i quindici anni di una ragazza, i versi di López Velarde, una madre che allatta il figlio, l'innocenza di un bambino, la mimica di Charlie Chaplin, una donna che si lava nel fiume, il palcoscenico all'inizio dello spettacolo, la bontà che illumina certi occhi.

La verità è questo sentimento, in questo pomeriggio, che fa battere gioiosamente il mio cuore dentro la mia età, dentro la mia vita, e mi rivela che sono un altro uomo nella sinfonia dell'umanità.

E perché tutto questo continuerà a vivere fuori di me, le ragazze, la musica, gli uomini, altri pomeriggi e altri minuti come questo nel cuore di altri uomini, qui a Città del Messico o in qualunque altra città del mondo. E io l'ho visto, e mi è stato concesso di sentire, sotto il cielo trasparente, qui in una strada cittadina, che tutto quello che hanno costruito e costruiscono gli uomini e che ho costruito anch'io è stato mio, almeno una volta, per un minuto, e non c'erano etichette, non c'erano prezzi per l'uomo della lunga, profonda, dolorosa e bella morte.

IL GIRARE ASSURDO

Lo riconobbi con un'occhiata fortuita. Sotto il vestito logoro, con macchie d'unto, individuai la sua sagoma ora incurvata. Le scarpe sudice, vecchie e miserabili reggevano lo stesso corpo, un tempo prestante, massiccio. Vidi il suo volto: sotto la barba lunga si poteva intuire facilmente l'espressione cordiale, ora opaca, dell'uomo al quale cinque anni prima sorridevano la vita e la sorte. Quelli che io avevo conosciuto come occhi d'acciaio, gli occhi di Camilo Berber, l'uomo di mondo, padrone di sé, con cui avevo fatto amicizia nella gazzarra di notti indimenticabili – ahimè, ormai lontane! –, erano adesso occhi spenti, che nascondevano i loro sguardi intensi smarriti nell'ombra di occhiaie scavate e profonde. Quando gli strinsi la mano, il suo sorriso sfiorito mi fece capire a bruciapelo tutto quello che era successo.

C'eravamo conosciuti cinque anni prima. A quei tempi Camilo occupava una magnifica posizione che si era costruito grazie a mosse audaci. Sposato da poco, proprietario di una bella villa dove gli piaceva invitare gli amici, la sua personalità e la sua conversazione mi avevano reso gradita la sua amicizia, anche per l'entusiastica ammirazione che professava per il Messico. Forse per trovare una valvola di sfogo al suo temperamento avido di emozioni, era scivolato nel vizio del gioco. Una visita al casinò dell'Avana gli aveva permesso di sentire, in una serata fortunata, tutto il fascino di sfidare la sorte. E dato che era un giocatore nella vita, in amore e nel successo, l'impeccabile casualità della roulette lo aveva sedotto rapidamente.

Il mio ritorno in patria, poi un viaggio in Europa in missione diplomatica, problemi familiari, che ne so, interruppero qualsiasi contatto fra noi. E cinque anni dopo, di ritorno all'Avana, uscendo dall'albergo me lo trovo inaspettatamente trasformato, da quella severa scultrice che è la vita, in un uomo i cui segni più evidenti mi chiariscono il suo nuovo stampo: la rovina causata dal gioco.

Lui si confida e me lo spiega in poche parole: la storia del giocatore caduto in disgrazia. La sorte che si incupisce, mentre cresce il desiderio di giocare. Non si azzecca un colpo e alla fine si perde tutto, perfino la dignità. Si impegna qualcosa, si vende qualcos'altro, per scivolare lungo un piano inclinato che conduce, passando attraverso la penuria e la povertà, fino alla spietata miseria. Dover affrontare, con la volontà atrofizzata e il carattere castrato, un'esistenza inattesa, insolente, che esige tassi usurai per ripagarsi di ciò che prima aveva prodigato. Nel frattempo, i figli crescono, la moglie si ammala, la fame, la rovina.

Dopo che gli ho dato tutti i dollari che avevo nel portafoglio – non più di cinquanta –, si allontana lentamente, pensieroso, facendomi capire che comprende, meglio di me, che ormai apparteniamo a mondi diversi.

Nel prendere i soldi, pensò subito alle medicine necessarie per le varici della moglie e alla denutrizione dei suoi due figlioletti. Da parecchio tempo non aveva fra le mani tanto denaro. Eppure, era così poco! Quando non ce l'aveva, sembrava dovesse bastare; ora, calcolando lo stretto indispensabile, si rimpiccioliva: alla fine se ne sarebbe andato in fretta come gli era arrivato, per lasciarlo di nuovo nella stessa situazione disperata.

Senza essere consapevole del processo interiore che lo spingeva, decise di rischiare. Ma quella decisione, ne era sicuro, non nasceva dall'impulso a cogliere di sorpresa il caso cercando l'eccitazione della scommessa. Non era il vizio allucinato di provare ancora l'emozione di veder girare la roulette. No! A spingerlo era un altro motivo estraneo al demone del gioco. Non la compulsione del giocatore, ma la disperazione della miseria: rischiare in modo freddo e calcolato cinquanta dollari, troppo pochi per sfuggire alla rovina, tentando il colpo grosso che avrebbe risolto i suoi problemi una volta per tutte.

La sua coscienza era tranquilla. Poteva, doveva giocare. Magari avrebbe vinto...

Quando fu di fronte alla roulette non provò alcuna emozione particolare. Il suo cuore non batteva più in fretta per il febbrile desiderio che la pallina si fermasse proprio sul numero scelto. Se aveva una reazione a cui si era disabituato, era la soddisfazione di sentirsi comodo nell'abito a noleggio, che gli stava così bene. La soddisfazione di poter muovere a proprio agio i piedi con quelle scarpe quasi nuove, e di sentirsi il viso fresco, appena sbarbato e profumato. Tutto il resto, le luci ora così splendenti, la sala questa volta così ampia, i giocatori oggi così numerosi, non era la causa.

Serenamente, senza che gli tremasse il polso, senza groppi in gola, quando mise un mucchio di fiches sul 10, con calma benevola, le sue orecchie erano sorde ai mormorii che precedettero il «*rien ne va plus*» del croupier e al silenzio carico d'ansia che avvolse come un rito l'appassionata e saltellante corsa dell'imprevedibile pallina. Guardando senza guardare, i suoi occhi si posarono sui tratti del numero 10 che si intravedevano fra le fiches che aveva puntato. E quando il croupier gridò un inappellabile «dieci!» e moltiplicò per trentasei volte il numero delle sue fiches, lui le ritirò senza scomporsi, meccanicamente, come se avesse saputo in anticipo che sarebbe andata così.

Dal 10, la sua mano, bloccata lì come quella di una marionetta quando viene abbandonata da chi tira i fili, lasciò sul 5 quasi tutte le fiches che aveva vinto. E al ripetersi del brusco colpo di fortuna, quando la pallina finì su quel numero, e per altre due volte il sorprendente caso coincise con le sue giocate, su cui aveva puntato molto forte, la sua emozione era stimolata soltanto dalla comodità dell'abito, dalla mobilità gradita ai suoi piedi, infilati nelle calde e rilassanti scarpe.

Fu allora che, come se cadesse da una grande altezza, si vide gettato nella realtà: di fronte a sé aveva – ed erano suoi, completamente suoi – migliaia e migliaia di dollari sotto forma degli ambiti dischetti di plastica. Quando si accorse della stupefatta curiosità degli altri giocatori e dei guardoni, quando sentì su di sé lo sguardo offeso e accusatore del croupier, quando ebbe consapevolezza di ciò che era la sua vita, i suoi problemi, la sua miseria, e di ciò che l'aveva spinto al casinò, cominciò a tremare, stavano per saltargli i nervi e dentro di lui si mischiarono una forte paura di perdere quello che aveva vinto e una delirante felicità perché era proprietario delle salvifiche fiches.

Gli gelarono i piedi mentre il suo abito, d'un tratto scomodo e pesante, emanava un caldo soffocante. Facendo uno sforzo gigantesco per controllare il tremore delle mani, raccolse in fretta le fiches e con estrema difficoltà se le mise nelle tasche. Con un impulso titanico si schiodò dalla sedia, sulla quale immaginava di essere rimasto per moltissimo tempo e, barcollante, cercando di non cadere, di non lasciarsi catturare dalla vista del salone che gli danzava davanti agli occhi, luci, gente, mobili, si diresse a cambiare le sue fiches, come chi va a trasmutare, come per miracolo, il rame in oro.

Una volta in strada e in possesso di un consistente mazzo di banconote, la brezza contribuì a dargli un leggero sollievo, che gli permise di contenere il travolgente desiderio di mettersi a correre. Quando salì nel taxi, mentre prorompeva in una risata violenta e sorda, una risata che era come un misterioso estraneo dentro la sua bocca, desiderò urlare selvaggiamente, in modo che tutti lo sentissero, la fortuna straordinaria che gli era toccata, il caso meraviglioso che in così poco tempo aveva moltiplicato i suoi cinquanta dollari.

Nel salire la scala cigolante, quando il suo olfatto fu colpito dall'odore sgradevole che sprigionava dalla miserevole dimora, nelle viscere nere e cupe di quel tugurio dove la sua rovina l'aveva gettato, mentre ogni gradino lo avvicinava alla sua stanza, la vicinanza della moglie e dei due figlioletti fece sì che la sua vertiginosa emozione si trasformasse in una felice tenerezza.

E, per la prima volta nella sua vita, la certezza di aver rimediato alla disgrazia nel giro di un'ora – erano finiti cinque anni di vuoto e di disfatta – gli rivelò, prodigiosamente, l'essenza della pura felicità.

Con cautela, aprì la fragile porta. Nel buio intravide la moglie, schiacciata dal peso della malattia, e i figli, che dormivano godendo dell'unico pane dei poveri: il sonno. Stanco, si spogliò dolcemente e si infilò tra le lenzuola. Voleva dormire, ma i suoi occhi erano testardamente svegli. A pezzi, con immagini frammentarie, cominciò a ricostruire l'accaduto. Ma i suoi ricordi si aggrappavano alla visione della roulette. Tutte le scene precedenti l'istante della scommessa, le facce dei giocatori, il croupier, svanivano davanti alla pallina saltellante. Rivide una a una le giocate che aveva fatto. Vide i riquadri, i numeri, le fiches e di nuovo la roulette che girava. Vide il 10, le mani del croupier che impilavano le fiches. E di nuovo la roulette, come se lo chiamasse. E fu così che, come un morto che risuscita, il desiderio di giocare, di scommettere, molto più forte, più ancestrale, più travolgente ed esigente di quello di possedere una donna, cominciò ad avvolgerlo fino a diventare un'irreprimibile tentazione di replicare la fortuna, di provare l'ansiosa emozione di seguire la danza circolare della pallina, di indovinare, di vincere un'infinità di mucchi di fiches. E capì che sarebbe stato capace perfino di ammazzare, se qualcuno avesse voluto fermarlo.

In stato di trance, trascinato verso il destino più urgente, senza far rumore ma con una fretta incontenibile, si rivestì. Cieco davanti a tutto ciò che non fosse il girare della roulette, uscì dalla stanza e scese le scale a balzi. Una volta nell'auto, un'ansia lancinante lo costrinse a incitare il tassista.

Arrivò al casinò. Andò dritto al tavolo e prese posto, come un commensale affamato che volesse divorare la sorte.

Con tutti i sensi vigili, vibrando, tremante, si concentrò sulla magica, gigantesca roulette. E scommise con delirio, con passione, con tutta l'anima. E mentre le fiches gli sfuggivano, sentì che la pallina gli era penetrata in testa e ballonzolava, sempre saltellante, nelle cavità del cranio.

Quando l'ultima fiche gli scomparve dalle mani, si lasciò cadere sul tavolo. E non si svegliò più. Anche la pallina si fermò in quell'istante, proprio sul 10: quella notte l'impeccabile casualità della sorte aveva giocato.

COSA SUCCEDE, MENDOZA

Melbourne, Australia (INS). – Il generale Surdee, capo di stato maggiore dell'Esercito Australiano, ha dichiarato oggi che non vede molte possibilità di evitare la guerra fra il mondo occidentale e l'Urss con i suoi satelliti.

Perché davanti a lei tutti i miei argomenti svaniscono e non so che dire? Era davanti alla sua toilette, a farsi bella. Le gambe accavallate, le cosce scoperte. Imbronciata, aggressiva, onnipotente. E le cosce...

«Questa situazione è impossibile, Guillermina, dobbiamo trovare una soluzione».

«Quale situazione?»

Ah, se potessi schiaffeggiarla! (Dove sarà adesso? A che ora chiamerà?)

«Questa, fra me e te. Dobbiamo fare qualcosa...»

«Ma cosa vuoi che facciamo! Finiremo per parlare un'altra volta della stessa faccenda senza arrivare da nessuna parte».

«È indispensabile fare qualcosa, Guillermina. Non posso andare avanti così».

«Cosa pretendi? Cosa vuoi? Che ti dica che sono innamorata di te, che ti amo molto?»

«No, questo no, però...»

Sì, proprio questo. Cosa potevo dirle? Perché non trovo le parole, se le sapevo così bene? Non esitò a fingere di essere davvero esasperata.

«Ma davvero non lo capisci? Non possiamo fare niente».

«È proprio questa la cosa tremenda, la sensazione di non poter fare niente. Io ho bisogno di fare qualcosa».

«È inutile, Jorge», mentre si dipingeva accuratamente le labbra un'altra volta. Rimase con il rossetto in mano; le sue labbra, rosse. «Te l'ho già detto. Non devi fare niente. Devi lavorare, devi pensare ad altro».

I miei pugni stringevano l'impotenza. Di nuovo il rossetto che le dipingeva le labbra. Le ciglia, nere, provocanti, sui suoi occhi divenuti per me degli enigmi. E l'intera stanza impregnata di lei, del suo maquillage. Lei! Lei! Che cos'è un uomo in una stanza in cui aleggia il profumo della donna che si ama e si odia? A cosa serve aver preso una decisione davanti alla strategia di una toilette?

Volevo urlare e le mie parole erano una supplica: «Come vuoi che lavori, come vuoi che faccia qualcos'altro se vivo con la sensazione che non mi ami più? E se la sensazione che ti sto perdendo mi distrugge, mi toglie le forze, mi fa impazzire? Per favore, Guillermina...!»

Il rossetto cadde sulla toilette. Le sue mani distesero le calze, con energia e dolcezza. Il collo nudo. La vestaglia aperta da cui spuntava una gamba, flessuosa, in una confusione di carne e di seta. E la gamba era puntata verso di me...

«Ma se ti ho già detto che ti amo. Non posso mica ripetertelo a ogni istante. Cerca di capire, Jorge, mi esasperi. Non voglio più parlare di queste cose...»

Hong Kong (AP). – Secondo una fonte sinistrorsa cinese, trecento persone sarebbero morte durante un'incursione aerea dei nazionalisti nella città e nel porto di Nig-Po. I rossi minacciano di attaccare Formosa, l'isola baluardo dei nazionalisti.

Non posso pensare a quello che mi importa! Devo stare attento ai bollettini che arrivano via telex o telefono dalle agenzie di stampa statunitensi a New York, per fare una sintesi, ogni ora, attraverso il notiziario radiofonico del giornale in cui lavoro.

E invece ho bisogno di concentrarmi sul mio dolore, analizzare questa tortura che mi opprime. Qual è la verità? Chi dei due ha sbagliato? Sento ancora le sue amare parole di rimprovero: «Ti ho dato amore come nessuno aveva mai fatto. Un amore pulito, assoluto. E tu che ne hai fatto? L'hai gettato dalla finestra. Credevo che saresti stato il mio compagno, il mio fidanzato, il mio amante, tutto quello che speravo dalla vita. E tu hai gettato via tutto, tutto... Come puoi pretendere che non ti rinfacci la mia amarezza? Hai ucciso un grande amore, forse il mio ultimo amore. Ti ho dato tutto e cosa mi è rimasto? Sono più sola che mai; sola, sola... Vattene! Oggi non sopporto la tua vista...»

Finirà per scoppiarmi il cervello. Sono malato. Non posso fare a meno di pensare a lei, a queste cose. Devo fare qualcosa, sfuggire a questa disperazione. Soffrire in questo modo è terribile...

In quel momento arriva Ernesto Julio. Entra in redazione come se portasse la notizia per il titolo della prima pagina. Non ho voglia di parlare con nessuno. Ma lui, naturalmente, verrà a interrompermi e dovrò sopportare la sua cravatta sgargiante, la giacca senza risvolti, la camicia color buganvillea e la personalità impertinente che indossa in certi giorni, come oggi, quando i miei occhi non sono in grado di vedere le qualità umane che riesco a cogliere le altre volte. Al diavolo tutti quanti! Sì, sono disperato e febbricitante. E allora? Sono fatti miei. Non importano a nessuno.

> *Lake Success* (INS). – L'impatto offensivo delle armi batteriologiche è il più radicale mai visto al mondo e relega in secondo piano tutti gli altri armamenti, compresa la bomba atomica, ha dichiarato ieri dinanzi alla stampa il dottor Brook Chrisholm, direttore dell'Organizzazione Mondiale della Sanità.

«Cosa succede, Mendoza?»

Ed ecco le sue manacce che mi stringono le braccia e mi scrollano, dando voce stentorea alla frase tra la domanda e l'ammirazione con cui è solito salutare. Mi suscita una sorda irritazione. Altre volte con quelle parole vuole dirmi: «Non pensarci più, cosa si può fare per non vederti soffrire? Che ne pensi dell'ultimo libro di Saroyan? Andiamo a galoppare nelle verdi praterie. Vecchio mio, la vita è meravigliosa. Guarda che esemplari. Ti offro un caffè...»

È come un'aggressione con gli spilli. Non bisogna domandare quello che non si vuole dire. Cosa succede? Vorrei trovare una risposta che fosse come uno schiaffo.

«Niente, non succede niente. Sono in ritardo e c'è parecchio materiale».

Chi può capire quello che provo, quello che soffro? Sarebbe inutile cercare di spiegare questo grande dolore che mi avvolge, questo profondo, immenso dolore.

E poi, quel demone... A volte mi colpisce in continuazione. Si tratta della fugace certezza che Guillermina è stata con un altro. Un lampo che non riesco ad afferrare. Devo andare avanti aggrappandomi al dubbio più nero, un dubbio devastante che mi perfora come la goccia d'acqua sulla roccia e mi sconvolge le viscere dell'anima. Non ho pace...

No, non ho pace. Finché tengo gli occhi aperti il demone del dubbio mi sottopone al supplizio più straziante. Quel demone instancabile che mina la mia fiducia, la mia serenità, e in certi momenti mi persuade che Guillermina è un essere crudele, che si prende gioco di me.

Allora vorrei ucciderla. Uccidere proprio lei, per avere un po' di pace... La cerco, sperando di scoprire il minimo indizio che confermi i miei sospetti. Indago, spio l'inganno nelle sue occhiaie, negli atteggiamenti, nei vestiti, in tutto quello che la circonda. I miei occhi sorvegliano persino il suo più lieve battito di ciglia. Ma niente. Allora mi sento smarrito, desolato. Se sono capace di immaginare cose simili, è perché il colpevole sono io; sono stato io a gettare via tutto, io...

Washington (AP). – Oggi il Congresso ha approvato e inviato alla Casa Bianca, perché il presidente Truman vi apponga la sua firma, un Progetto di Legge che permetterà alla Commissione per l'Energia Atomica degli Stati Uniti di sviluppare un programma da trecento milioni di dollari per intensificare la produzione di bombe in questo paese.

Devo stare attento alle notizie. Bisogna trasmettere le informazioni di ciò che succede nel mondo, quando io vivo la mia notizia personale. E continuano a succedere cose, ma per quanto mi riguarda...

È che questa cosa è superiore alle mie forze. Di notte, quando bramo il sonno, spossato, sfinito, dopo lunghe ore d'angoscia, in bilico fra il vuoto e la speranza, fra l'odio e la tenerezza, alla fine mi addormento. Ma solo per poco. D'improvviso mi sveglio e subito il demone della gelosia, con la violenza di un impatto devastante, scuote i miei pensieri sonnolenti, rimette in piedi i dubbi, affonda gli artigli del sospetto. E mi metto a piangere come se aversi perso tutto, come se avessi smesso di esistere, come se la vita rovesciasse su di me il peso di tutte le sofferenze e di tutte le angosce... perché so di non sapere niente.

Io ho avuto la verità fra le mani, è stata mia. Perché ci si lascia sfuggire la sensazione gradita e rasserenante che le parole della persona amata dicono esattamente quello che deve provare in quell'istante, esattamente quello che deve pensare, quello che non si dice a nessun altro? Devo fare qualcosa. Non è possibile che non ci sia modo di recuperare ciò che palpitava con i palpiti del mio cuore, che era la mia vita fusa con un'altra vita. Com'è possibile che deraglino i rapporti fra un uomo e una donna che costruivano all'unisono sogni, baci, parole dolci, fiducia, calore umano, amore, e adesso riescono a erigere fra loro soltanto odio, risentimenti e dubbi?

> *Washington* (AP). – Nei fondi per il programma di sostegno agli armamenti sono stati inclusi 150.500.000 dollari per la costruzione di installazioni militari statunitensi in Alaska e a Okinawa.

Ah, che noia! Queste notizie che non finiscono mai, e che bisogna dare e diffondere. Ma dove è cominciato tutto questo? La gelosia, quando è nata? È successo la notte in cui l'ho ferita, disperato, perché mi sentivo ferito da lei. L'ho ferita molto più di quanto potessi immaginare, molto più di quanto mi ero proposto. Lei ha una memoria molto buona. Me l'avrebbe ricordato varie volte, per vendicarsi. Indispettito, ubriaco, ero stato con un'altra. Avevo dovuto dirglielo. Le conseguenze mi rendevano impossibile tacere il fatto. Confessarlo mi è costato molti sforzi e una grande vergogna. La scenata mi ha lasciato esausto e sfinito: mi sono gettato affranto sul letto. Lì, nella penombra del sonno, la mia coscienza, vigile e torturata, si è risvegliata. Lei era al telefono, a pochi passi dal letto, e parlava con qualcuno. La sua voce era la stessa che aveva accarezzato le mie orecchie all'inizio, quando era tutta amore e tenerezza. La stessa voce che bramavo di sentire ancora, la stessa che risuonava un tempo, quando ci eravamo innamorati.

Non ho capito subito le sue parole, ma mi sono reso conto che erano rivolte a un uomo. Le inflessioni di quella voce – la stessa che agognavo di svegliare per svegliare la mia vita – esprimevano promesse, dolcezza, civetterie amorose. Dinanzi alla brutale rivelazione, qualcosa si è agitato dentro di me. Lo sgomento, l'ira, la furia, il dolore e il dispetto si sono impadroniti di me. Per un istante sono quasi stato vinto dall'impulso di picchiarla, di schiacciarla con la tutta violenza della mia volontà. E non ho potuto. Mi sentivo in colpa. La conversazione era finita. Nel tornare a letto, sotto i miei sguardi, mi ha fatto capire che sapeva che l'avevo ascoltata. Tremando, non so se per l'emozione o per il freddo, si è infilata sotto le coperte. Nel cogliere la mia inquietudine, l'espressione del suo viso oscillava tra la soddisfazione e il pentimento.

> *Ohrdruff, Germania (AP).* – Sono appena iniziate le manovre autunnali dell'esercito di occupazione sovietico in Germania nella regione di Ohrdruff, a sud di Erfurt e nella foresta di Turingia. Vi partecipano unità di tutte le guarnigioni della zona orientale e numerosi corpi della polizia popolare.

Forse sarebbe stato meglio picchiarla. Il mio senso di colpa è stato meschino: ha cercato di liberarsi vigliaccamente. E cosa le ho detto! «Bene, Guillermina, siamo pari». Appena ho sentito di essermi liberato – a un'iniquità, un'altra peggiore –, ho aggiunto: «Avrei dato qualsiasi cosa della mia vita per essere l'uomo all'altro capo del telefono. Avrei dato qualsiasi cosa per essere colui per il quale la tua voce suonava come non suona più per me. Avrei dato tutto perché quella voce tu l'avessi data a me. Quella voce, la tua, quella della tua tenerezza...»

Ero a pezzi. Per certi atteggiamenti non esiste l'impunità. Mi sentivo come qualcuno che ha appena perso tutto, immensamente solo, un'inezia che doveva sopportare il peso di una montagna. Sono scoppiato in lacrime, un pianto sconfortante, impotente, inconsolabile. È stato in quel momento che lei mi ha abbracciato, come una madre che abbraccia il figlio smarrito. Mi ha preso in grembo e ha lasciato che mi stendessi su di lei, mentre mi accarezzava maternamente e mi rimproverava come si rimprovera il figlio che soffre per propria colpa. E facendo risuonare la sua voce, quella che desiderava, mi ha consolato: «Scemo! Non stavo parlando con nessuno. È stata una farsa, una sceneggiata. Volevo dimostrarti che sono capace di farlo. Ho voluto vendicarmi. Siamo pari».

Mi sono addormentato sopra di lei e lei era la terra, l'universo. Ho dormito sulla mia stessa vita, su quanto avevo di più caro, sulla pace dopo la tormenta. Stringevo in pugno tutte le angosce umane, e anche tutte quelle angosce si erano addormentate nel tepore della tenerezza. Tutta la solitudine e la sofferenza di un uomo, sopra una donna, che riposa all'ombra di un nome amato.

> *Washington* (INS). – Oggi la Camera dei Rappresentanti ha approvato e inviato d'urgenza al Senato il Rapporto Bicamerale sul Progetto di Legge per finanziare il programma del presidente Truman per il riarmo delle nazioni non comuniste, che prevede crediti per 314.010.000 di dollari.

Mi sono svegliato. Mi sono svegliato perché l'uomo vive e non può fermarsi, la vita – con o senza dolore – esige che si vada avanti. E forse perché non sarà mai possibile tenere in mano ciò che si desidera se non si ha paura di perderlo, o perché il passaggio nella vita è la ricerca implacabile e vana di ciò che avremo senza averlo, di ciò che abbiamo senza desiderarlo, di ciò che abbiamo e non desideriamo.

Quando ho aperto gli occhi, si sono aperti anche gli occhi dei miei dubbi più assillanti. Una farsa? Una sceneggiata? Stava parlando con qualcuno? Mi aveva ingannato? Qual era la verità? L'ho scrollata.

«Con chi hai parlato ieri sera, Guillermina!»

Lei era un'altra volta la Guillermina fredda e indifferente. Se n'era andata, mi era sfuggita di nuovo e io ero un'altra volta in mezzo alla strada, cieco. È stata tagliente, e nella sua risposta c'era irritazione: «Se non mi credi, peggio per te. Non riuscirei a convincerti. Ti ho già detto che è stato una sceneggiata. Se non mi credi, non posso farci niente».

È stato inutile. Ero un topo in trappola. Un topo che cerca di capire, troppo tardi, dov'è la trappola. Mi stavo gettando in un labirinto infuocato: c'era qualcuno o no all'altro capo del cavo telefonico? Tutta la mia immaginazione, tutte le mie energie si sono messe a lavorare febbrilmente. Mi sono trasformato nel più zelante, nel più instancabile e tenace dei detective, con l'ossessione di trovare una traccia, un dato di un problema inafferrabile. E avrei imparato che quando una donna ha deciso di non parlare, neanche una pietra potrebbe essere più insensibile. Sarei diventato un topo che scavava nel mare.

Akron, USA (INS). – Il generale Omar Bradley, capo di stato maggiore statunitense, ha avvertito oggi che gli Stati Uniti devono prepararsi a rispondere con rapidità e durezza a un attacco dei russi, perché quelli potrebbero essere abbastanza folli da lanciare un attacco atomico, anche se possiedono solo una decina di bombe.

Bombe! Ma c'è una distruzione peggiore della mia? Lei era davanti alla sua toilette. Se ne stava lì, impegnata a farsi bella, a creare il suo mondo, e io avevo l'impulso di chiederle perdono. Sì, perdono. Nella mia gola c'è dell'ira e l'inflessione di chi chiede clemenza. Un'ira pastosa che mi incolla la lingua.

Tutto è perduto. Che m'importa di tutto quello che mi sta intorno! Forse mi deciderò. Forse la cosa migliore sarà decidermi all'ultimo momento. Perché continuare a vivere? Che difesa ho? In cosa posso credere? La morale è intasata. Le passioni, la paura della vita, gli errori e le debolezze si sono lasciati dietro troppo fango. Né gli eroi né i santi né gli uomini di buona volontà sono riusciti a prosciugare i drenaggi delle strade percorse verso una vita che vorremmo vivere ma che non sappiamo o non possiamo vivere... Sì, sono anche sporco. Sono perduto. Voglio la pace, non voglio più soffrire...

> *A bordo della nave ammiraglia* El Dorado *(INS)*. – Sono iniziate nel Pacifico le più grandi manovre militari dopo la fine della seconda guerra mondiale: centoventi navi si sono schierate davanti alle coste della California per un «assalto» su grande scala destinato a «riconquistare» le isole Hawaii.

Ecco di nuovo Ernesto Julio.

> *Guatemala (INS)*. – Il numero delle vittime causato dalla terribile tempesta che ha colpito il Guatemala supera le 3000, secondo i calcoli effettuati in varie zone rimaste isolate. Le previsioni precedenti indicavano che i morti erano più di mille e che il numero dei dispersi era alto.

«Cosa succede, Mendoza?»

Se ne sta lì a braccia conserte, sporgendo in avanti la testa, in attesa della mia risposta.

«Niente, il solito: la guerra, la bomba atomica... le cose di tutti i giorni».

IN QUALSIASI CITTÀ DEL MONDO

Questa è l'ora più stregata della notte,
quando sbadigliano i cimiteri ed esala
l'inferno il suo contagio su questo mondo.

William Shakespeare

La forza centrifuga, ignea, che fugge da sé stessa con la violenza di diecimila uragani e si apre il passo in cerchio per divorare tutto nella sua fornace insaziabile, posticipò la sua morte, per triturare ogni molecola, ogni particella, ogni atomo di vita in qualunque sua forma e per creare un tempo mai concepito, fuori del tempo, sterile, senza sangue né acqua né aria, che liquefa la vita che scorre e quella statica, passato e presente, grandi e piccole storie, mentre l'istinto riproduce la specie in modo brutale o amorevole, secoli innalzati minuto dopo minuto in un formidabile e colossale impulso del sesso la mano il cuore la mente, cellule, fibre, materia organica e materia inerte, dolore, gioia, coraggio e paura di vivere, uteri, il caso, il destino, l'uomo.

Frettolosa, con i pacchetti sotto il braccio. Grassottella, con addosso un abito di stoffa primaverile. Tacco di altezza media. Leggermente spettinata. «Si è fatto tardi. Ho speso tutto quello che avevo con me». Era stata a fare compere. Aveva lasciato gli occhi su tutto. «Viene voglia di prendersi tante cose. Le presentano così bene». Era andata a comprare dei calzini per i bambini. «Come li consumano, Gesù!» Ne aveva scelti alcuni per Imelda – cinque anni –, bianchi, azzurri e rosa, con i bordi ricamati. «A mia figlia, così vanitosa, piaceranno molto». Li aveva cercati in diversi negozi finché aveva trovato i meno cari. Aveva bisogno anche dei jeans per Miguelito. Ne aveva trovati un paio buoni, di stoffa resistente. E poi, quegli slip! Si era sentita un po' civetta pensando che le sarebbero stati molto bene. E audace: aveva chiesto quelli trasparenti, neri. Ne aveva presi anche altri due – «ma se non ne ho più!», aveva detto a suo marito, per scherzo. «Guarda, salgo sull'autobus con la paura che mi vedranno con questo», e gli allungava lo slip bucherellato, «devi darmi i soldi per comprarne un paio!» Lui aveva emesso appena un brontolio, poco chiaro, e si era concentrato di nuovo nella lettura del giornale. Ce l'aveva sotto il braccio, con gli altri pacchetti: una crema, un coltello per la verdura, un grembiule – «regalato» – per la zia Rosaura. «Che orrore, quanto è caro tutto! Non ho comprato niente e ho cinquanta pesos in meno». Attraversava la piazza per dirigersi alla fermata del tram, con l'intenzione di arrivare presto a casa. Il suo impulso a camminare, tutta protesa in avanti, impegnata a raggiungere l'angolo dove sarebbe salita sul mezzo di trasporto, si dissolse per confondersi nel colossale caos della distruzione implacabile, che polverizzò pacchetti, slip, cavigliere, grembiule, le braccia che stringevano gli acquisti, il corpo e la sua energia in movimento verso un piccolo, importante, tenero, quotidiano destino disgregato dal fuoco e dall'impatto della radiazione devastante, fra suoni crepitanti, sintesi di milioni di rumori di milioni di cose che vanno in mille pezzi all'unisono.

La mano dell'anziana mendicante vestita di nero, con la sottana fino alle caviglie, una sottana sudicia, lo scialle che sembrava fatto di polvere e la mano simile a una testa di serpente, con le dita-bocca che cercavano di catturare una moneta e la vocina stridente, ipocrita, con la sua solfa che veniva da un volto ossuto, pieno di rughe, con piccoli occhi infossati e la bocca sdentata, frutta marcia – «mi aiuti, signore, un'elemosina per questa povera vecchietta che non può lavorare!» –, che metteva di traverso davanti ai passanti il corpo minuto e curvo, e allungava la mano in una supplica testardamente insistente da sotto i panni sudici, uno scheletro, ben visibile sotto la pelle ormai senza grasso, la postura disintegrata, evaporata la mano, il braccio, quella vecchiaia, la bianca chioma di capelli radi, nella combustione che si espandeva come un inferno circolare.

Il giovane – lo scrittore – che cammina nervoso, stringendo forte in mano le bozze di stampa che odorano di inchiostro fresco, e il suo cervello che lavora attivamente, ispirato, febbrile, cesellando nuove idee per un altro libro, parole interiori che formano frasi perfette consegnate al cervello – poi c'è la lotta per trasferirle sulla carta –, ansioso che arrivi l'amico per condividere la propria opera e mentre si porta la sigaretta alla bocca, con la mano pronta a mettercela meccanicamente, nel momento in cui ce l'ha fra le labbra, già pronte a riceverla, e i polmoni pronti ad assorbire il fumo, il gesto non viene completato perché gli è toccata la parte dell'esplosione a lui predestinata, e si è dissolto dal cervello fino alle unghie dei piedi, così come l'idea sviluppata durante notti insonni, germogliata poco a poco come un seme meraviglioso e ora perduta per sempre insieme a lui, i fogli delle bozze, tutto quello che aveva scritto, faticosamente, fra dubbi e vittorie, cancellando, correggendo, aggiungendo, un'altra vita intera che nasceva grazie alla magia della sua creazione, nella quale cominciavano a palpitare altri esseri, risucchiati anche loro nel nulla dello sterminio tempestoso.

Il lustrascarpe che stava lucidando le scarpe di un altro uomo, chino sul suo mestiere, con la momentanea aspirazione a far brillare come uno specchio la pelle nera, mentre pensava all'incontro di pugilato a cui avrebbe assistito quella sera, i muscoli delle mani, delle braccia e del torso in movimento, il corpo teso e le gambe che dondolavano dolcemente al ritmo di ogni colpo di straccio che frusciava al rapido contatto dello sfregamento – «Lei non va a vedere il combattimento? Sarà bello, Filo ha un *punch* micidiale» –, e l'altro uomo, in piedi, che stava per rispondere, lo sguardo fisso sui capelli neri del lustrascarpe, come per farlo riposare, e osservava i filamenti capillari, ascoltava il fruscio che usciva dalla sua scarpa, soddisfatto, valutando che la lucidatura sarebbe risultata molto brillante, in attesa di dirigere i suoi passi verso la caffetteria, per la chiacchierata con gli amici, lui, le scarpe, il luccichio della pelle, lo sforzo delle braccia del lustrascarpe, la sua precedente decisione di andarsene, diventarono il passato remoto di un tempo senza misura né confini, al soffio improvviso della morte che si proiettava in tutte le direzioni.

La ragazza dalle belle forme, dalle labbra floreali, dagli occhi che sprigionavano gioia – la felicità di vedere lui –, i suoi capelli biondi, la sua faccia, i suoi occhi, i suoi piedi che avevano percorso la sua giovane età, i suoi seni, il suo sesso vergine, le sue gambe flessuose, il suo cervello, le sue mani, divennero aria nera, densa, e nessuno vide, e se lo vide non potrà mai raccontarlo, l'istante finale in cui lei iniziava a girare il viso, cercando l'orologio appeso in alto, con gli occhi che viravano a sinistra, sotto le belle ciglia, e stavano per fissare la loro luce ottica sull'orologio che segnava le 5.15 del pomeriggio, e nessuno saprà a quale velocità si disintegrarono la sua carne, i suoi muscoli, le sue ossa, le sue viscere, i suoi denti, i suoi nervi, le sue vene, i suoi liquidi, la sua saliva, i suoi capelli, il suo sedere, il suo cuore, il suo nome.

L'anziano, seduto sulla panchina, avvolto in un pesante cappotto, il cappello dalla tesa larga calcato sulla testa china, tossicchiava e si riposava un momento a causa dell'alta pressione arteriosa, con una mano sul ginocchio, d'appoggio, un braccio disteso sulla gamba, la barba bianca, ispida, un po' macchiata da resti di saliva, gli occhi fissi per terra, occhi opachi, in totale riposo, senza alcuno stimolo a tentare di muoversi, salvo il petto che andava su e giù per la respirazione affannosa, combustibile rapido della forza centrifuga.

L'uomo molto sicuro di sé, che ruba più spazio nello spazio per l'ampiezza dei suoi gesti, precisi, energici, con le gambe divaricate che sostengono il corpo, dritto sulla soglia dell'ingresso del ristorante, mentre guarda altezzosamente i passanti e lancia occhiate impertinenti alle donne, picchiettandosi le gengive con uno stuzzicadenti e sputando ogni tanto in modo sprezzante, con la stoffa sottile dei pantaloni che lascia intravedere il tono atletico dei muscoli delle gambe, massicci, compatti, forti, come modellati dai colpi sicuri di uno scultore dal polso fermo, un maestro dall'inaudita esperienza anatomica, un uomo che è un modello di dinamicità, un proiettile capace di scattare e farsi strada in qualsiasi ostacolo – «A che ora arriverà quel cazzone?» –, nel momento in cui appariva la bambina che vendeva chewing gum, così carina, così aggraziata, gli occhi ingenuamente maliziosi, con un paio di scarponi vecchi, molto consumati, ma incapaci di scomporre le linee pure di due belle gambette che lasciavano presagire quelle ben tornite della donna, davanti a quel signore di fronte al quale altri uomini abbassavano lo sguardo, riconoscendo la sua superiorità fisica, sicuri che avrebbe potuto schiacciarli anche senza alcun motivo, così, per liberare quella sua forza, mentre a lei, alla bambina – lui, un egoista che fa affari torbidi, attaccabrighe, con il vizio del gioco, di picchiare le donne, di prendersi gioco degli amici, di fare soldi in tutti i modi, leciti o no, irrispettoso di qualsiasi norma –, ogni volta che era lì le comprava chewing gum, le regalava una grossa banconota e le diceva parole di una tenerezza galante, bonaria, che procuravano alla bambina una felicità sconosciuta in casa sua, con la madre sempre arrabbiata e urlante, che la prendeva per le orecchie, come faceva con le sue sorelline, nei sobborghi in cui vivevano e dove la vita era un invito a scappare in strada, a imparare cose interessanti, ad ascoltare conversazioni, a conoscere persone strane, buone o cattive, a guardare le vetrine insieme ad altri bambini, a comprare qualche volta un dolce, e ora a sorridere nel vedere il suo amico, così potente, così buono, incoraggiata perché lui, nello scorgerla, le ha sorriso da lontano, come se ammainasse la sua altezzosità, come se spegnesse ciò che della sua forza irrita, con affetto, e nell'avvicinarsi a lei, che gli presenta la cassetta con i chewing gum, si sta già infilando una mano in tasca per darle la solita banconota, senza che si realizzi il finale di quel piccolo gesto, e la manina sudicia che stringe la cassetta e tutto il resto, la sua infanzia intatta, il vestitino corto di percalle, la sottoveste di stoffa ordinaria, la maglietta di uno dei suoi fratelli e le mutande di tela giallognola, gli scarponi e i capelli spettinati e lisci, le guance rosee, gli occhietti vivaci, il mento che induce a farle una carezza e le piccole orecchie, malgrado il cerume, finemente disegnate, il tenero collo con un neo, il pancino sporgente, le ginocchia sporche con le croste di piccole ferite in via di cicatrizzazione, i suoi nove anni compiuti si liquefanno contemporaneamente alla muscolatura dell'uomo, così resistente, e al suo ultimo gesto, il tentativo finale di regalarle insieme alla banconota qualche parolina dolce, tentativo che non si concretizza perché arriva l'impatto fulminante che in qualche millesimo di secondo distruggeva e umiliava anche tonnellate di cemento, ferro, pietra, mattoni, legno, che avevano assunto forme architettoniche grazie agli sforzi di milioni di uomini e di generazioni, e che non si innalzavano più in strutture aeree o pesanti, con o senza grazia, ma sempre utili, audaci, alte e multiformi.

La ragazza sotto la doccia, sola con la sua nudità, che si insapona i seni e canticchia una canzone, lasciandosi scorrere le gocce d'acqua sulla pelle...

L'oste, dietro il bancone, che pulisce i calici di cristallo e osserva quel cliente mattiniero che beveva disperatamente...

Il padre che arriva a casa, meravigliato davanti al figlioletto appena nato che dorme nella culla, come se lo vedesse per la prima volta, con una gran voglia di dargli una stretta di mano d'ammirazione...

L'operaio, in cima allo scheletro metallico di un nuovo e alto edificio, che sta saldando insieme due sostegni, con una maschera che gli protegge gli occhi dall'acetilene, i piedi che penzolano dai due lati della piccola trave, sudato, e che si sente come un artista che sta creando un capolavoro...

Il bambino che assapora il suo dolcetto, con la preoccupazione di finirlo troppo presto...

La madre che sta lavando il figlio, amorevolmente, e gli parla come se fosse già grande, come se lei fosse quell'acqua tiepida, calmante, allegra...

L'uomo che sta sopra la donna e la bacia con una furia dolce, impellente, la bocca ansiosa, le labbra assetate, chiusi in una stanza al buio, la mano di lei che intreccia i capelli di lui, mugolando parole deliziose e grate, e lui, immerso nel corpo della donna, con tutti i desideri che si destano felicemente, in cerca di quel miracolo che è il piacere, fusi in un abbraccio segreto e disperato, la carne eccitata, mentre soddisfano un'esigenza umana, terribile e bella, e vogliono entrambi diventare una cosa sola, creare un tempo ritmico eterno, le mani che vibrano toccando in modo metodico e silenzioso, l'uomo e la donna che si abbandonano all'amore della carne, e sulla pelle, nelle loro ghiandole, c'è un bisogno di sentire, di essere, in uno stato di stupore dionisiaco, prodigiosamente nudi, via gli indumenti che situano socialmente lui al di sopra o al di sotto di altri uomini, ora è un Adamo nel suo paradiso e lei, in secrezione genitale, messo da parte il pudore, turbata, ebbra, la compagna, Eva, e rivivono entrambi quel momento culminante del corpo, a cui si elevarono gli altri, umani e geniali strumenti di una legge che perfezionano per la loro impazienza, con il bacio, con le mani, con il sesso, nell'istante in cui i vestiti aspettano gettati per terra come tracce lasciate dall'istinto, la giacca appesa malamente alla sedia, i pantaloni senza piega, in disordine, la camicia abbandonata, le scarpe vuote che attendono con discrezione, il vestito di lei che è stato sistemato con cura, la sottoveste di seta buttata in un angolo, il reggiseno senza respirazione, afflosciato, gli slip scivolati ai piedi del letto, le calze sempre in salvo dall'oblio, messe da parte, e loro due indifferenti ai documenti di stoffa, alle posizioni sociali, consumati dai loro istinti, con il loro desiderio, i loro baci spenti per sempre dalla furia tenace che in tutte le stanze, in tutte le camere da letto, in tutti gli sgabuzzini, in tutti i bordelli, in tutte le mansarde, in tutti gli spazi che un uomo e una donna trovano per gli appuntamenti sessuali, distrugge qualsiasi possibilità che sotto la sua luce amorosa si instauri di nuovo l'effimero paradiso e che i corpi possano essere luce vitale, ora solamente legna da ardere della vera ignominia capace di distruggere non solo la vita, ma anche la speranza che altre vite avrebbero potuto fiorire, nate dal piacere e salvate nello spasmo miracoloso seme gettato nell'utero che l'esplosione dissolve nel nulla per imporre la morte all'uomo e anche alla sua specie.

Indice

La morte ha il permesso
di Edmundo Valadés

traduzione	Raul Schenardi
revisione	Carlo Alberto Montalto
impaginazione	Giulia Zavagna
correzione delle bozze	Giulia Zavagna Chiara Gualandrini

SUR

Redazione: Chiara Gualandrini, Dario Matrone, Martina Testa e Giulia Zavagna
Ufficio stampa: Marco Di Marco e Maria Galeano
Progetto grafico: Riccardo Falcinelli
Direzione editoriale: Marco Cassini
Direzione commerciale: Alessandro Bandiera
Amministrazione: Paola Chiarbonello
Scuola del libro: Federica Antonacci, Violetta Colonnelli e Francesca Lenti

I libri di SUR

1. Ernesto Sabato *Prima della fine*
2. César Aira *I fantasmi*
3. Rodolfo Fogwill *Scene da una battaglia sotterranea*
4. Juan Carlos Onetti *Gli addii*
5. Roberto Bolaño *L'ultima conversazione*
6. Ricardo Piglia *Respirazione artificiale*
7. Alan Pauls *Storia dei capelli*
8. Andrés Caicedo *Viva la musica!*
9. Ernesto Sabato *L'Angelo dell'abisso*
10. Guillermo Cabrera Infante *La ninfa incostante*
11. Roberto Arlt *I sette pazzi*
12. Juan Carlos Onetti *Il cantiere*
13. Tomás Eloy Martínez *Santa Evita*
14. José Donoso *Il luogo senza confini*
15. Julio Cortázar *Carta carbone. Lettere ad amici scrittori (Lettere – I)*
16. Sergio Pitol *La divina*
17. José Emilio Pacheco *Il vento distante*
18. Octavio Paz *Anch'io sono scrittura. L'autobiografia*
19. Ricardo Piglia *La città assente*
20. Julio Cortázar *Un certo Lucas*
21. Antonio Di Benedetto *Zama*
22. Roberto Arlt *Scrittore fallito*
23. Julio Cortázar *Chi scrive i nostri libri. Lettere editoriali (Lettere – II)*
24. Alan Pauls *Storia del denaro*
25. Juan Carlos Onetti *Raccattacadaveri*
26. César Aira *Il marmo*
27. José Pablo Feinmann *L'esercito di cenere*
28. César Vallejo *Tungsteno*
29. Tomás Eloy Martínez *Purgatorio*
30. Rodolfo Walsh *Variazioni in rosso*
31. Roberto Arlt *I lanciafiamme*
32. Emma Reyes *Non sapevamo giocare a niente*
33. Ricardo Piglia *L'invasione*
34. Julio Cortázar *Componibile 62*
35. Oswaldo Reynoso *Niente miracoli a ottobre*
36. José Emilio Pacheco *Il principio del piacere*
37. Juan Villoro *C'è vita sulla Terra?*
38. Julio Cortázar *Così violentemente dolce. Lettere politiche (Lettere – III)*
39. César Aira *Come imbalsamare animaletti mutanti*
40. Juan Carlos Onetti *Per una tomba senza nome*
41. Julio Cortázar e José Muñoz *L'inseguitore*
42. Rodrigo Hasbún *Andarsene*

43. Alan Pauls *Il fattore Borges*
44. Andrés Neuman *Le cose che non facciamo*
45. Alejandro Zambra *Risposta multipla*
46. Rodolfo Walsh *Per non parlar del morto*
47. José Lezama Lima *Paradiso*
48. Mariano Azuela *Quelli di sotto*
49. Juan Carlos Onetti *Triste come lei*
50. Edmundo Valadés *La morte ha il permesso*

di prossima pubblicazione

Roberto Bolaño *Tre*
Adolfo Bioy Casares *L'invenzione di Morel*
Laia Jufresa *Umami*

I libri di *little*SUR

0. *Un certo Julio. Vita di Cortázar illustrata da Rep*
1. José Revueltas *Le scimmie*
2. Julio Cortázar *Correzione di bozze in Alta Provenza*
3. Juan Carlos Onetti *Il pozzo*
4. Roberto Arlt *Una domenica pomeriggio*
5. Juan Carlos Onetti *Gli addii*
6. Roberto Arlt *I sette pazzi*
7. Juan José Arreola *Bestiario*
8. Tomás Eloy Martínez *Purgatorio*
9. Oswaldo Reynoso *Gli innocenti*
10. Juan José Arreola *Confabulario*

I libri di BIG SUR

1. Merritt Tierce *Carne viva*
2. Charles Mingus *Peggio di un bastardo. L'autobiografia*
3. Ira Levin *Rosemary's Baby*
4. Terry Gilliam *Gilliamesque. Un'autobiografia pre-postuma*
5. Catherine Lacey *Nessuno scompare davvero*
6. Joni Mitchell *Both Sides. Conversazioni sulla vita, l'arte, la musica*
7. James Simon Kunen *Fragole e sangue. Diario di uno studente rivoluzionario*
8. Ira Levin *I ragazzi venuti dal Brasile*
9. George Clinton *La mia vita funkadelica*
10. Ernest Tidyman *Shaft*
11. Ali Smith *L'una e l'altra*
12. Oakley Hall *Warlock*
13. Harry Parker *Anatomia di un soldato*
14. Ernest Tidyman *Shaft tra gli ebrei*
15. Richard Hooker *M*A*S*H*
16. Chris Bachelder *L'infortunio*

di prossima pubblicazione

Toni Cade Bambara *Gorilla, amore mio*
Saul Bellow *Troppe cose a cui pensare*
Ali Smith *Voci fuori campo*
Jonathan Lee *Il tuffo*

This book is printed by the sun

GRAFICA VENETA

The first carbon-free
printing company in the world

FSC
www.fsc.org
MISTO
Carta
da fonti gestite in
maniera responsabile
FSC® C021883

finito di stampare nel febbraio 2017
presso Grafica Veneta spa – Trebaseleghe (Padova)
per conto delle edizioni SUR

ristampa	anno
8 7 6 5 4 3 2 1 0	2017 2018 2019 2020